WISHBOOKS MODERN FANTASY STORY

세상S 장편소설

뜨겁게 던져라

뜨겁게 던져라 4

세상S 장편소설

초판 1쇄 찍은 날 | 2018년 1월 19일
초판 1쇄 펴낸 날 | 2018년 1월 26일

지은이 | 세상S
펴낸이 | 예경원

기획 | 위시북스
편집책임 | 이규재
편집 | 이즈플러스

펴낸곳 | 예원북스
등록번호 | 제396-2012-000132호
등록일자 | 2012. 7. 25
KFN | 제1-200호

주소 | 경기도 고양시 일산동구 호수로 646-24 위너스21 II 빌딩 206A호 (우)10401
전화 | 031-819-9431 팩스 | 031-817-9432
E-mail | yewonbooks@naver.com

ISBN 979-11-6098-693-8 04810
　　　979-11-6098-591-7 (set)

WISHBOOKS MODERN FANTASY STORY

세상S 장편소설

뜨겁게 던져라

④

- 더 넓은 세상으로 -

뜨겁게
던져라

CONTENTS

15장
히어로

1

　―아, 하석진 선수. 헛스윙 삼진으로 물러납니다.

　―몸 쪽 포심 패스트볼이었는데요. 하석진 선수가 놓치고
마네요.

　―그런데 구속이 상당했습니다. 전광판에 155㎞/h가 찍혔
는데요.

　―니시노 유카 선수의 최고 구속과 비교하는 건 무리겠지
만 지금은 루상에 주자가 있는 상황이니까요. 세트포지션에
서 던진 것치고는 상당한 구속입니다.

　―어쩌면 하석진 선수도 이 정도로 빠른 공이 들어오리라

고는 예상하지 못한 것처럼 보이는데요.

　―아마 그렇겠죠. 앞서 들어온 빠른 공들이 150㎞/h 초반 대에 머물렀으니까요.

　―하지만 아직 실망하기에는 이릅니다. 여전히 주자는 1, 3루 상황입니다. 5번 타자 최원진 선수가 안타를 때려내 준 다면 한국 청소년 대표 팀이 선취점을 올릴 수 있습니다.

　하석진의 타석에 대한 아쉬움을 되삼키며 한국 중계진은 최원진에게 기대를 걸었다.

　"후우……."

　타석에 들어선 최원진도 길게 숨을 골랐다. 믿었던 하석진 이 맥없이 물러난 상황에서 자신까지 아웃이 될 수는 없다며 마음을 다잡았다.

　하지만 까다로운 하석진을 삼진으로 잡아낸 니시노 유카 의 기세는 상당했다.

　퍼엉!

　니시노 유카의 손끝을 빠져나간 초구가 곧장 바깥쪽 스트 라이크존을 파고들었다.

　최원진이 어떻게든 건드려 보겠다며 방망이를 내돌려 봤지 만 그보다 공이 먼저 홈 플레이트 위를 스쳐 지나가 버렸다.

　2구도 마찬가지였다.

퍼엉!

거의 같은 코스로 들어온 날카로운 슬라이더가 다시 한번 최원진의 방망이를 이끌어 냈다.

"젠장할!"

순식간에 투 스트라이크에 몰리자 최원진이 입술을 잘근 깨물었다. 이렇게 된 이상 유인구를 철저하게 거르며 스트라이크존을 넓게 보는 수밖에 없었다.

다행히 최원진은 3구째 들어온 바깥쪽 체인지업을 잘 걸러냈다. 하지만 4구째 들어온 바깥쪽 슬라이더는 참아내지 못했다. 스트라이크와 볼의 경계선상을 파고들다 보니 공을 지켜볼 여유가 없었던 것이다.

따악!

방망이 끝에 걸린 타구가 높이 치솟았다. 팔로우 스윙을 끝까지 해준 덕분에 공이 생각보다 뻗어 나가긴 했지만 결국 중견수 아카호시 도모히로의 글러브에 붙잡히고 말았다.

"제기랄!"

최원진이 헬멧을 내던지며 분통을 터뜨렸다.

반면 1사 주자 1, 3루 위기를 모면한 니시노 유카는 당당한 발걸음으로 마운드를 내려갔다.

─아쉬운 결과가 나왔습니다. 1사 주자 1, 3루였는데요.

-한국 대표 팀이 앞서갈 수 있는 절호의 기회였는데요. 중심 타선에서 해결을 해주지 못했습니다.

-불리한 볼카운트에서 최원진 선수도 니시노 유카 선수의 공을 잘 받아쳤는데요. 타구가 중견수 정면으로 타구가 날아가고 말았습니다.

-만약 하석진 선수 타석 때 이런 타구가 나왔다면 정말 좋았을 텐데요.

-그렇게 된다면 지금쯤 3루 주자가 홈을 밟을 수 있었겠죠.

한국 중계진은 한참 동안이나 아쉬움을 감추지 못했다.

하지만 지금 이 순간 그 누구보다 아쉬운 사람은 다름 아닌 강동원이었다.

경기가 중반으로 접어드는 상황에서 선취점의 의미는 클 수밖에 없었다. 현재 도쿄돔에서는 강동원과 니시노 유카의 팽팽한 투수전이 펼쳐지고 있었다. 어느 쪽이든 한 점을 등에 업는 쪽이 심리적으로 우위에 설 가능성이 높았다.

그런데 그 절호의 기회가 무산되어 버렸으니 강동원의 입에서도 절로 한숨이 흘러나왔다.

"이럴 때일수록 내가 버텨줘야 해."

천천히 마운드를 고르며 강동원이 마음을 다잡았다. 타자들이 언제 다시 기회를 잡을지 알 수는 없지만 그때까지 에이스로서 최대한 믿음직스러운 모습을 보여주어야 했다.

그사이 선두 타자인 2번 와다 노리히로가 타석에 들어왔다.

"후우……."

강동원이 길게 숨을 골랐다. 특별히 까다로운 타자는 아니었지만 그다음은 클린업 트리오였다. 와다 노리히로를 출루시켜서 좋을 건 하나도 없었다.

박상현도 와다 노리히로를 신중히 상대해야 한다는 점에 동의했다. 그래서 초구에 바깥쪽으로 흐르는 포심 패스트볼을 요구했다.

사인을 확인한 강동원이 가볍게 고개를 끄덕였다. 그리고 박상현의 미트를 향해 힘껏 공을 던졌다.

후앗!

강동원의 손끝을 빠져나간 공이 바깥쪽 스트라이크존에 걸치듯 들어왔다. 그러자 와다 노리히로가 망설이지 않고 방망이를 내돌렸다.

따악!

방망이 끝부분에 걸린 타구가 1루 관중석 쪽으로 휘어져 나갔다. 타이밍은 물론이고 힘에 있어서 완벽하게 밀려 버린 타구였다.

"젠장!"

와다 노리히로가 질근 입술을 깨물었다. 다른 공도 아니고 강동원의 포심 패스트볼에 밀렸다는 사실에 자존심이 상한 듯했다.

그런 와다 노리히로를 위해 강동원이 2구째 커브를 몸 쪽으로 찔러 넣었다.

후앗!

로진 가루 속에서 빠져나온 공이 큰 포물선을 그리며 스트라이크존을 파고들었다.

와다 노리히로가 움찔하며 어깨를 들썩거려 봤지만 포심 패스트볼에 타이밍을 맞추고 있던 터라 방망이를 내돌릴 수가 없었다.

그렇게 와다 노리히로를 투 스트라이크로 몰아넣은 뒤 박상현은 걸러도 좋다는 심정으로 바깥쪽으로 떨어지는 체인지업을 요구했다.

강동원은 가볍게 고개를 끄덕였다. 그리고 빠르게 투구판을 박차고 나갔다.

후앗!

강동원의 손끝을 빠져나간 공이 한복판에서 바깥쪽으로 흘러나가자 와다 노리히로가 본능적으로 방망이를 내돌렸다.

하지만 마지막 순간에 가라앉은 공은 와다 노리히로의 스윙 궤적을 피해 박상현의 미트 속에 빨려 들어갔다.

"스트라이크, 아웃!"

구심이 단호하게 오른팔을 들어 올렸다. 그렇게 강동원은 선두 타자 와다 노리히로를 3구 삼진으로 잡아냈다.

그러나 그 기쁨도 오래가지 않았다.

3번 후쿠도메 요시노부를 상대로 승부를 서두르다가 3구째 슬라이더를 얻어맞고 2루타를 내주고 만 것이다.

―아, 강동원 선수. 후쿠도메 요시노부에게 장타를 허용합니다. 투 스트라이크를 잘 잡아놓았는데요.

―유인구를 던졌던 것 같은데요. 후쿠도메 요시노부 선수가 그걸 받아쳐 버렸네요.

―좌익수 황선주 선수의 타구 판단에도 문제가 있었던 것 같은데요.

―네, 조금 더 빨리 타구를 처리했으면 어땠을까 하는 아쉬움이 남습니다.

조금 전까지만 해도 강동원을 극찬하던 한국 중계석에서 안타까움이 터져 나왔다.

반면 도쿄돔에 모여든 일본 관중은 선취 득점을 할 수 있는 절호의 기회 앞에 흥분을 감추지 못했다. 1사 주자 2루에 놓인 상황이었다.

'여기서 한 번 끊어줘야 해.'

박상현이 자리에서 일어났다. 갑작스런 2루타 때문에 강동원이 심적으로 부담을 느낄 거라 여겼다.

그러자 강동원이 손을 들어 괜찮다는 신호를 보냈다.

'정신 차리자, 강동원. 상대는 일본의 중심 타선이라고.'

로진백을 주무르며 강동원은 마음을 다잡았다. 그리고 몸을 돌려 4번 타자 다카하시 코스케를 상대했다.

퍼엉!

강동원-박상현 배터리가 선택한 초구는 커브였다. 앞선 두 타자에게 초구 포심 패스트볼을 던진 만큼 일부러 역으로 승부를 걸어본 것이다.

예상대로 포심 패스트볼을 노리고 있던 다카하시 코스케는 공이 스트라이크존을 통과하는 걸 지켜볼 수밖에 없었다.

그렇게 초구 스트라이크를 잡은 뒤 강동원은 2구째도 커브를 내던졌다.

퍼엉!

초구보다 빠르면서도 낙폭이 적은 변형 커브가 들어오자 다카하시 코스케는 이번에도 타이밍을 맞추지 못했다.

커브를 기다린 듯 방망이를 꿈틀거리긴 했지만 그뿐. 순식간에 바깥쪽으로 흘러나가는 공을 멍하니 바라봐야만 했다.

연속 2개의 커브로 투 스트라이크를 잡은 뒤 강동원은 다카하시 코스케의 방망이를 유인하기 위해 노력했다.

3구째 바깥쪽으로 흘러 나가는 슬라이더.

4구째 몸 쪽을 파고드는 체인지업.

연달아 아슬아슬한 코스로 집어넣어 봤지만 다카하시 코스케의 방망이는 꿈쩍도 하지 않았다.

'결국 빠른 공을 노리고 있다 이거지?'

강동원이 글러브 속에서 포심 패스트볼을 그립을 단단히 움켜쥐었다.

그러자 다카하시 코스케도 뭔가를 느끼고는 방망이를 더욱 높이 들어 올렸다.

'동원아, 꽉 차게 들어와야 한다.'

박상현이 마른침을 꿀꺽 삼키며 미트를 들어 올렸다.

그 순간.

후앗!

강동원의 손끝을 빠져나간 공이 곧장 다카하시 코스케의 몸 쪽으로 날아들었다.

'왔다!'

다카하시 코스케도 망설이지 않고 방망이를 내돌렸다.

따익!

홈 플레이트 앞쪽에서 부딪친 타구가 우익수 쪽으로 크게 뻗어 날아갔다.

"됐어!"

다카하시 코스케는 곧바로 방망이를 던지며 껑충껑충 뛰었다. 약간 먹히긴 했지만 풀스윙을 한 만큼 충분히 담장 밖으로 넘길 수 있다고 여겼다.

하지만 계속해서 날아갈 것 같았던 타구는 어느 순간 힘을 잃고 고꾸라지고 말았다.

그 공을 우익수 강성원이 쫓아가 잡아냈다.

그사이 2루 주자 후쿠도메 요시노부가 3루로 내달렸다.

"좋아, 괜찮아."

강동원이 만족스러운 얼굴로 고개를 끄덕거렸다. 아웃 카운트와 진루를 맞바꿨으니 결코 손해 보는 장사는 아니었다.

2사 주자 3루 상황에서 5번 타자 니오카 요시모토가 타석에 들어왔다. 니오카 요시모토는 타석에 들어서기 전에 고바야시 타격 코치로부터 단단히 주의를 받았다. 바로 강동원의 커브에 대비하라는 것이었다.

한국의 에이스 강동원의 주무기가 커브라는 건 이미 전략 분석 팀을 통해 전해 들은 뒤였다.

불리한 볼카운트는 물론이고 위기가 닥치면 여지없이 커브를 던져 정면 돌파를 시도하는 스타일이라는 것도 충분히 이해하고 있었다.

게다가 앞선 다카하시 코스케 타석에서 강동원은 초구와 2구를 연속 커브로 던져 카운트를 잡아냈다.

고바야시 코치는 어쩌면 강동원이 2구 이내 커브로 스트라이크를 잡으러 들어올 것이라고 판단했다. 그래서 변화구 공략이 좋은 니오카 요시모토에게 강동원의 커브를 노려보라고 지시를 내린 것이다.

하지만 강동원은 초구는 물론이고 2구, 3구, 4구에 이르기까지 계속해서 포심 패스트볼만 던졌다.

초구는 바깥쪽 스트라이크.

2구는 몸 쪽 볼.

3구는 바깥쪽 스트라이크.

4구는 바깥쪽 볼.

빠른 공이 연속해서 눈앞을 지나갔지만 니오카 요시모토는 흔들리지 않고 커브를 기다렸다.

하지만 5구째 바깥쪽으로 날아들어 온 강동원의 슬라이더가 볼 판정을 받으며 투 스트라이크 쓰리 볼 상황이 되자 니오카 요시모토도 머릿속이 복잡해질 수밖에 없었다.

'계속 빠른 공 승부다. 설마 내가 커브를 노리고 있다는 사실을 알아챈 걸까? 아니야. 어쩌면 이번에 커브를 던지기 위한 눈속임일지 몰라.'

한참을 고심하던 니오카 요시모토가 다시 커브를 노렸다.

그러나 강동원의 손끝을 빠져나온 공은 눈 깜짝할 사이에 홈 플레이트를 가로지르더니 뒤늦게 따라 나온 니오카 요시모토의 방망이를 무시한 채 박상현의 미트 속에 처박혔다.

"스트라이크 아웃!"

힘없이 돌아가는 방망이를 확인한 구심이 단호하게 삼진을 외쳤다.

"크아아아!"

니시노 유카와 같이 제 힘으로 위기를 탈출한 강동원이 도쿄돔이 떠나갈 듯 크게 포효했다.

–강동원 선수! 에이스답게 스스로 위기를 벗어나네요.

–네, 이것이 바로 에이스다, 라는 모습을 강동원 선수가 멋지게 보여준 것 같습니다.

–강동원 선수는 물론이고 니시노 유카 선수까지. 양 팀 선발 투수들이 흔들림 없이 위기를 극복해 내고 있는데요.

–하지만 끝까지 투수전 양상으로 진행되지는 않을 것 같습니다. 아무래도 결승전이니까요. 결국 누가 먼저 무너지느냐에 따라서 승패가 좌우될 것 같습니다.

–개인적으로 저는 강동원 선수가 끝까지 호투해 주길 바라고 있습니다.

−하하하, 저도 마찬가지입니다.

강동원이 분위기를 반전시킨 가운데 5회 초 청소년 대표팀의 공격이 이어졌다.

"침착하게, 공 하나씩 더 지켜보자. 알았지?"

박준태 코치는 선수들을 모아놓고 집중력 있게 타석에 임해줄 것을 강조했다.

니시노 유카도 철인이 아닌 만큼 한계 투구 수에 다다르면 지난 슈퍼라운드 후반처럼 충분히 득점 기회가 생길 거라며 자신감을 불어 넣었다.

하지만 6번부터 시작하는 타순상 한창 기세 좋은 니시노 유카의 공을 공략하기란 쉽지 않아 보였다.

아니나 다를까.

"스트라이크, 아웃!"

6번 타자 임성진은 3구 삼진을 당하고 물러났다. 니시노 유카의 포심 패스트볼을 노리고 타석에 들어섰지만 초구에 포심 패스트볼을 놓친 이후 2구와 3구째 연속으로 들어온 슬라이더에 맥없이 당하고 말았다.

7번 타자 강성원은 2구째 들어온 체인지업에 있는 힘껏 방망이를 휘둘렀지만 투수 앞 땅볼이 되었다.

8번 타자 박상현도 슬라이더에 노림수를 가지고 타석에

임했으나 불리해진 볼카운트를 감당하지 못하고 4구 포심 패스트볼을 때려 좌익수 플라이 아웃이 되었다.

그렇게 니시노 유카는 청소년 대표 팀의 세 타자를 깔끔하게 틀어막고 마운드를 내려갔다. 그러자 뒤이어 마운드에 올라온 강동원도 이를 악물고 공을 던졌다.

강동원 역시 니시노 유카처럼 6번 타자부터 상대했다.

"이번에는 그냥 넘어가지 않겠다!"

6번 타자 이바타 미치히로는 강동원의 초구와 2구를 전부 걷어내며 의욕을 불태웠다. 하지만 3구째 들어온 변형 커브에 타이밍을 맞추지 못하고 유격수 땅볼로 물러나고 말았다.

첫 타자를 잘 잡아낸 강동원은 7번 타자 다니 가스히로를 4구만에 삼진으로 돌려세웠다. 초구와 2구, 연속해서 던진 커브와 슬라이더로 스트라이크를 잡은 뒤 포심 패스트볼로 윽박지른 게 주효했다.

2사 이후 강동원은 8번 타자 다나시게 겐지를 중견수 플라이로 잡아내며 이닝을 마쳤다. 공을 침착하게 지켜보며 볼카운트가 원 스트라이크 투 볼에 몰렸지만 주 무기인 커브로 다나시게 겐지의 방망이를 이끌어 낸 것이다.

─양 팀 선발 투수들이 결승전에 걸맞은 대단한 투수전을 선보이고 있습니다.

-네. 지금까지만 놓고 보자면 두 선수 중 누가 MVP가 되더라도 손색이 없어 보입니다.

-5회가 끝났는데요. 양 팀 투수들에 대해 간략하게 평가해 주신다면요?

-두 선수 모두 에이스로서 제 역할을 다해주고 있습니다. 하지만 투구 내용에 있어서는 강동원 선수가 조금 앞서지 않나 생각합니다.

-투구 수는 니시노 유카 선수가 53구, 강동원 선수가 60구인데요.

-하지만 니시노 유카 선수가 피안타 2개, 사사구 1개 등 주자 세 명을 출루시킨 반면 강동원 선수는 피안타 2개만을 내주고 있습니다. 탈삼진 개수에 있어서도 니시노 유카 선수가 5개, 강동원 선수가 7개로 강동원 선수가 조금 더 앞서가고 있고요.

-강동원 선수가 니시노 유카 선수에 비해 체력적인 우위에 있다는 점도 감안한 평가겠군요?

-그렇습니다. 지난 경기에서 니시노 유카 선수는 70구 이후 구속이 떨어지는 모습이 보였습니다. 반면 강동원 선수는 100구 이상 투구를 한 경험이 적지 않으니까요. 후반이 되면 강동원 선수가 조금 더 유리하지 않나 예상해 봅니다.

한국 중계석은 팽팽한 가운데서도 한국의 흐름이 조금 더 좋다고 판단했다.

일본 대표 팀 더그아웃의 생각도 크게 다르지 않았다. 지금쯤이면 한두 점을 뽑아내야 하는데 강동원에게 철저히 틀어 막혀 있는 분위기가 결코 우호적으로 느껴지지 않았다.

"음…….'

일본 대표 팀의 나가시마 감독은 니시노 유카의 투구 내용을 꼼꼼히 살폈다. 여전히 수준급 피칭을 선보이고 있었지만 솔직히 말해 강동원에게는 미치지 못하고 있었다.

'이대로는 안 돼. 강동원을 어떻게든 마운드에서 끌어내려야 해.'

잠시 고심하던 나가시마 감독이 일본 팀 타자들을 돌아보며 말했다.

"다들 정신 바짝 차려라. 결승전이다! 모든 국민이 이 경기를 지켜볼지 몰라! 그런데 고작 저런 투수 하나를 이기지 못하다니! 일본의 대표 선수로 창피하지도 않느냐! 강동원의 공이 낯설다면 최소한 녀석의 투구 수라도 늘려라. 최대한 빨리 녀석을 마운드에서 끌어내! 최대한 공을 보고 유인구에 속지 마라. 알겠나!"

"넵, 감독님!"

나가시마 감독의 호통에 선수들이 한목소리로 대답했다.

하지만 그것만으로는 나가시마 감독의 표정이 풀리지 않았다.

'이대로면 니시노 유카를 7회에 올리기 불안해. 그런데 강동원은 한계 투구 수가 어느 정도지? 90구 정도라면 7회에 바뀌겠지만 그 이상이라면 곤란한데…….'

나가시마 감독의 시선의 복잡한 시선이 강동원에게 향했다. 오늘 경기의 향방이 꼭 강동원에게 달린 것 같은 기분마저 들었다.

한편, 김운식 감독의 머릿속도 복잡했다. 이대로 투수전 양상으로 가면 힘든 건 청소년 대표 팀도 마찬가지였다. 지금 이 상황에서 강동원의 뒤를 맡아줄 투수가 없다시피 했기 때문이다.

물론 강동열이 일찌감치 불펜에서 몸을 풀고 있었다. 하지만 지난 슈퍼라운드에서 강동열이 패전의 멍에를 썼다는 게 조금 부담스러웠다.

지금으로서 최선은 어떻게 해서든 먼저 선취점을 올려 강동원의 어깨를 가볍게 해주는 것뿐이었다.

"이봐, 박 코치."

"네. 감독님."

"니시노 유카 말이야. 체력은 어떻다고 하던가?"

"글쎄요. 정확한 정보까지는 없지만 제가 보기에 아직은 괜찮은 것 같습니다."

"한계 투구 수는?"

"일본에서 종종 100구까지도 던져 왔다고 합니다만 90구 전후가 아닐까 생각합니다. 게다가 동원이보다 하루 덜 쉬고 마운드에 올라왔으니 체력은 평소보다 조금 더 떨어져 있을 것 같습니다."

박준태 수석 코치의 말에 김운식 감독이 고개를 주억거렸다.

현재 니시노 유카의 투구 수는 53구.

이닝당 거의 10구 정도를 던진 셈이다.

만약 이 페이스를 유지한다면 8회는 물론이고 완투까지 가능한 상황이었다.

게다가 니시노 유카는 영리했다. 복수를 위해 덤벼드는 청소년 대표 팀을 상대로 유인구 비중을 늘려 맞혀 잡으려는 느낌이 강했다.

이런 니시노 유카가 마운드에 오래 버티고 서 있다는 건 한국의 우승에 하등 도움이 되지 않았다.

"아무래도 안 되겠어. 역시 저 녀석의 투구 수를 늘려야겠어."

김운식 감독도 일본 팀 감독과 똑같은 생각을 하였다. 이대로 더 끌려다녔다간 슈퍼라운드의 재판이 될 것만 같았다.

"김 타격 코치."

"네, 감독님."

"타자들에게 최대한 기다리라고 지시해. 2스트라이크 이후에 공격을 하도록 말이야."

"하지만 그렇게 되면 니시노 유카의 유인구에 당할 가능성이 높습니다. 우리가 기다리는 작전을 쓴다는 게 들통나 버리면 지금보다 더 힘들어질지도 모르고요."

"그래, 알겠네. 일단 타자들에게 섣불리 공격하지 말고 신중히 하라고 지시를 내리게."

"네, 감독님."

김성희 타격 코치가 선수들을 불러 모아 김운식 감독의 작전을 전했다. 그리고 잠시 후, 6회 초 청소년 대표 팀의 공격이 시작되었다.

선두 타자로 들어선 9번 타자 황선주는 천천히 호흡을 골랐다.

'유인구에 속지 말자. 유인구에.'

황선주는 속으로 단단히 다짐을 하고 방망이를 들어 올렸다.

그 순간.

퍼엉!

초구 포심 패스트볼이 순식간에 홈 플레이트를 가로질렀다.

"스트라이크!"

구심이 오른팔을 들어 올렸다.

'젠장, 저 자식은 지치지도 않나.'

전광판에 찍힌 155㎞/h라는 숫자를 보며 황선주가 미간을 찌푸렸다.

투구 수가 60구를 향해 가고 있지만 니시노 유카의 공은 여전히 빨랐다. 게다가 공에 힘도 있었다. 그렇다 보니 타자들은 자신도 모르게 빠른 공에 방망이를 내밀고 말았다.

'참아야 해. 참자!'

마음을 다잡으며 황선주가 다시 방망이를 들어 올렸다.

퍼엉!

니시노 유카는 2구째도 몸 쪽 포심 패스트볼을 던졌다.

하지만 황선주는 이를 악물고 버티며 볼을 얻어냈다.

그러자 니시노 유카가 3구째도 비슷한 코스로 공을 던졌다.

퍼엉!

순식간에 사라진 공이 포수 다나시게 겐지의 미트 속에 파묻혔다. 그러나 이번에도 구심은 공이 깊었다고 판단했다.

볼카운트가 원 스트라이크 투 볼로 바뀌었다.

그러자 니시노 유카가 스트라이크를 잡기 위해 들어왔다.

퍼엉!

바깥쪽을 날카롭게 파고든 슬라이더가 스트라이크존에 걸쳐 들어왔다.

"후우……."

황선주의 입에서 절로 한숨이 흘러나왔다.

볼카운트 투 스트라이크 투 볼 상황에서 니시노 유카는 유인구로 체인지업을 던졌다. 하지만 황선주가 마지막 순간 방망이를 멈춰 세우며 볼카운트는 풀카운트로 변했다.

"젠장!"

황선주가 좀처럼 속지 않자 니시노 유카가 질근 입술을 깨물었다.

그때 다나시게 겐지가 다시 한번 슬라이더 사인을 냈다. 포심 패스트볼을 노릴 가능성이 높은 황선주라면 방망이가 나오더라도 범타로 유도해 낼 수 있다고 여겼다.

니시노 유카는 고개를 끄덕인 뒤 힘껏 공을 내던졌다.

후앗!

니시노 유카의 손에서 새하얀 공이 빠져나오자 황선주가 반사적으로 방망이를 내돌렸다.

하지만 마지막 순간에 꺾여 나간 공은 방망이를 피해 다나시게 겐지의 미트 속에 파묻혔다.

"스트라이크 아웃!"

그렇게 황선주가 삼진으로 물러났다.

그러나 김운식 감독을 비롯한 코치들은 잘했다며 황선주를 격려해 주었다. 황선주가 선두 타자로서의 역할을 충실히 수행해 준 덕분에 니시노 유카의 평정심이 흔들렸다고 판단한 것이다.

그사이 1번 타자 강덕진이 타석에 들어섰다.

강덕진이 등장하자 일본 대표 팀 내야수들이 잔뜩 자세를 낮췄다. 지난 타석 때 강덕진이 기습 번트 안타로 출루했다는 사실을 기억한 것이다.

1루수 다카하시 코스케와 3루수 이바타 미치히로는 베이스 라인 근처까지 내려와 혹시 있을지 모를 번트에 대비했다.

그러다 보니 강덕진도 또다시 기습 번트를 댈 엄두를 내지 못했다.

대신 강덕진은 황선주처럼 공을 끝까지 지켜보는 전략을 선택했다.

초구 바깥쪽을 파고드는 슬라이더는 스트라이크로 선언됐다.

2구째 몸 쪽 높게 들어온 커브는 볼.

3구째 몸 쪽 깊숙이 포심 패스트볼이 들어왔지만 구심은 스트라이크를 선언했다.

"후우……."

투 스트라이크 원 볼 상황에서 강덕진이 방망이를 짧게 잡았다.

그 순간.

후앗!

니시노 유카의 공이 바깥쪽 코스를 날카롭게 파고들었다.

반사적으로 방망이를 내돌렸던 강덕진이 마지막 순간에 허리를 멈춰 세웠다. 다행히도 공은 스트라이크존을 살짝 빠져나가는 볼로 판정이 됐다.

그러자 니시노 유카가 곧바로 몸 쪽으로 포심 패스트볼을 내던졌다.

따악!

투 스트라이크로 몰린 상황이라 강덕진도 적극적으로 방망이를 내돌렸다. 하지만 타구는 유격수 다니 가스히로의 정면으로 굴러가고 말았다.

"후우……."

힘겹게 두 개의 아웃 카운트를 챙긴 니시노 유카는 마지막 타자만큼은 쉽게 잡아내려고 노력했다. 하지만 2번 타자 안상헌도 쉽게 방망이를 내밀지 않았다.

퍼엉!

초구, 유인하듯 낮게 들어오는 바깥쪽 포심 패스트볼을 지켜본 뒤.

퍼엉!

2구째 무릎 쪽으로 파고드는 슬라이더까지 잘 참아냈다.

"빌어먹을. 이 자식들은 방망이를 휘두를 생각이 있기나 한 거야?"

안상헌이 타석에서 꼼짝도 하지 않자 니시노 유카는 전략을 바꿔 스트라이크존을 공략해 들어갔다.

퍼엉!

3구는 바깥쪽을 파고드는 포심 패스트볼.

퍼엉!

4구 역시 바깥쪽으로 휘어져 나가는 서클체인지업.

볼카운트가 투 스트라이크 투 볼로 바뀌자 안상헌도 방망이를 고쳐 쥐었다. 그리고 니시노 유카가 던진 5구째 슬라이더를 향해 힘껏 방망이를 휘둘렀다.

하지만 스트라이크존을 파고들 거라 여겼던 공은 일찌감치 꺾여 나가 안상헌의 스윙을 완전히 농락해 버렸다.

"스트라이크 아웃!"

이렇게 니시노 유카는 5회에 이어 6회도 삼자범퇴로 이닝을 끝마쳤다.

니시노 유카가 더그아웃으로 내려가는 장면이 중계 카메라에 포착됐다. 그 모습을 일본 중계진들이 극찬을 쏟아냈다.

　－니시노 유카 선수, 정말 대단한 호투를 펼치고 있습니다.
　－역시 일본의 차세대 에이스답죠? 6회를 끝마쳤는데도
여전히 공에 힘이 붙어 있습니다.
　－게다가 이번 이닝에서 삼진 2개를 추가로 잡아내면서 강
동원 선수와 삼진 수에서도 균형을 맞췄습니다. 그동안은 맞
혀 잡는 데 중점을 둔 투구였는데 한국 타자들이 기다리는
전술을 구사하자 역으로 탈삼진 비율을 높였습니다.
　－네, 마치 나도 삼진쯤은 얼마든지 잡아낼 수 있다고 보
여주는 것 같았습니다.

　일본 관중들도 니시노 유카를 향해 함성을 쏟아냈다.
　하지만 정작 벤치에 앉은 니시노 유카의 표정은 별로 좋지
않았다.
　"젠장, 쓸데없이 투구 수만 늘어났어."
　앞선 이닝까지 니시노 유카의 투구 수는 고작 53구에 불과
했다. 하지만 6회가 끝난 시점에서 69구로 늘어나 있었다.
이번 이닝에만 무려 16개의 공을 던지고 만 것이다.
　'이렇게 되면 완투가 쉽지 않은데……'
　니시노 유카가 습관처럼 엄지손가락을 깨물었다. 오늘 경

기에 앞서 니시노 유카의 목표는 하나였다.

바로 완투.

한국을 완벽하게 짓누르고 MVP와 최우수 투수상을 동시에 거머쥘 생각이었다.

하지만 체력 여건상 100개 이상의 공을 던지며 마운드에서 버티는 건 쉽지 않았다.

코칭스태프가 정해준 한계 투구 수도 90구에 불과했다. 그래서 초반부터 맞혀 잡는 투구에 집중했는데 70구를 코앞에 둔 지금으로서는 완투가 불가능해 보였다.

잘해야 8회. 최악의 경우 7회.

니시노 유카의 표정이 초조하게 변했다.

'내가 먼저 내려갈 수는 없어……..'

니시노 유카가 마운드를 노려봤다. 이렇게 된 이상 타자들이 강동원을 물고 늘어져 주길 기대하는 수밖에 없었다.

그런 니시노 유카의 속내를 읽기라도 한 듯 일본 타자들은 강동원을 철저하게 물고 늘어졌다.

9번 타자 니오카 신야는 유인구를 철저하게 골라내다가 5구째 들어 온 체인지업을 때려 유격수 땅볼로 물러났다.

포심 패스트볼로 투 스트라이크를 잘 잡아 놓은 뒤 연속해서 슬라이더와 커브로 유인해 봤지만 니오카 신야는 꿈쩍도 하지 않았다.

세 번째 타석에 들어선 1번 타자 아카호시 도모히로도 끈질겼다.

볼카운트가 투 스트라이크 원 볼로 몰리면서 4구째 커브에 방망이가 나와 중견수 플라이로 물러나긴 했지만 그전까지는 매의 눈으로 강동원의 공을 지켜보았다.

2번 타자 와다 노리히로는 구심의 판정을 등에 업고 강동원을 괴롭혔다.

원 스트라이크 원 볼 상황에서 3구와 4구가 바깥쪽 스트라이크존을 통과했지만 구심은 전부 볼을 선언해 버렸다.

그렇게 원 스트라이크 쓰리 볼로 몰리자 강동원도 스트라이크를 잡기 위해 한복판에 커브를 던질 수밖에 없었다.

'이건!'

가급적 사사구를 얻는 걸 목표로 삼았던 와다 노리히로지만 치라고 던져 준 커브를 지켜볼 수는 없었다.

따악!

매섭게 돌아간 방망이 끝 부분에 공이 걸렸다. 그렇게 높게 치솟은 공은 좌익수 황선주의 글러브 속에 붙들리고 말았다.

"젠장."

일본 대표 팀의 6회 말 공격을 삼자범퇴로 틀어막고 마운드를 내려간 강동원도 아쉬움을 감추지 못했다.

6회에 던진 공만 15구였다. 총 투구 수는 어느새 75구에 달했다.

'이제부터는 정말 공을 아껴야 해. 저 자식보다 먼저 내려갈 수는 없다고.'

강동원이 주먹을 불끈 쥐며 니시노 유카를 노려보았다.

하지만 마운드에 오른 니시노 유카도 강동원과 똑같은 생각을 하고 있었다.

'투구 수 때문에 발목을 잡힐 수는 없어. 좀 더 제구에 신경 쓰자. 저 녀석들의 방망이를 끌어내야 해.'

애써 흥분을 감추며 니시노 유카가 길게 숨을 골랐다.

그러자 일본 중계진이 호들갑을 떨기 시작했다.

─니시노 유카 선수, 대한민국의 중심 타선을 상대로 멋진 탈삼진 쇼를 펼쳐 주길 기대해 봅니다.

─지난 이닝 때 강동원 선수는 삼진을 하나도 잡지 못했으니까요. 이번 이닝에 니시노 유카 선수가 삼진을 잡는다면 삼진 개수에서 강동원 선수를 앞서게 됩니다.

─삼진 개수에서 앞서가면 전체적으로 니시노 유카 선수가 강동원 선수를 앞지르게 되죠?

─물론입니다. 피안타는 똑같이 2개를 허용했고 실점은 없으니까요. 반면 니시노 유카 선수의 투구 수는 아직까지 70

구가 되지 않은 반면, 강동원 선수의 투구 수는 벌써 75구에 도달했습니다. 강동원 선수의 한계 투구 수를 90개 정도로 본다면 아마도 다음 이닝이 마지막이지 않을까 합니다.

－그렇게 되면 한국 대표 팀은 위기겠네요. 반면 니시노 유카 선수는 아직 여유가 있죠?

－네, 큰 차이는 아니더라도 투구 수를 아껴 왔으니 강동원 선수보다 한 이닝 정도 더 버텨줄 것이라고 믿어 의심치 않습니다.

일본 중계진은 사실상 강동원과 니시노 유카의 경쟁은 끝난 거나 다름없다고 단언했다. 하지만 정작 위기는 니시노 유카에게 먼저 찾아왔다.

7회 초 청소년 대표 팀의 선두 타자는 3번 타자 이진혁이었다.

"맞혀 잡는다."

니시노 유카는 투구 수 조절을 위해 최대한 초구는 스트라이크를 잡고 가기로 마음 먹었다. 그렇다 보니 구속보다는 제구에 신경을 써서 포심 패스트볼을 내던졌다.

그런데 그 공이 마지막 순간 제대로 채이지 않으면서 조금 몰리듯 날아들었다.

그 공을 이진혁은 놓치지 않고 받아쳤다.

따악!

방망이 중심에 제대로 걸린 타구가 1루수 왼쪽으로 뻗어나갔다.

"젠장!"

라인에 붙어서 수비를 하고 있던 1루수 다카하시 코스케는 몸을 날려 공을 잡으려 했다.

하지만 타구는 다카하시 코스케의 글러브를 스쳐 지난 뒤 그대로 외야까지 굴러갔다.

그렇게 우전안타로 출루한 이진혁은 덤덤하게 보호 장비를 벗고 장갑을 고쳐 꼈다.

중심 타자로서 고작 단타를 때려냈을 뿐이다. 파이팅은 추후에 홈을 밟고 난 뒤에 해도 늦지 않다고 여겼다.

이진혁에 이어 타석에 4번 타자 하석진이 들어왔다. 자연스럽게 니시노 유카의 표정이 딱딱하게 굳어졌다.

'저 녀석을 앞에 두고 하필 실투라니. 너무 경솔했어.'

니시노 유카는 할 수만 있다면 조금 전 상황으로 돌아가고 싶었다. 그랬다면 이진혁 따위에게 실투성 공을 얻어맞지 않았을 것이다.

하지만 무사에 이진혁이 1루로 나가면서 니시노 유카는 삼중고를 겪게 됐다.

중심 타자치고 발이 빠른 이진혁을 견제해야 하는 게 첫 번째고 자신을 상대로 강한 모습을 보여주고 있는 하석진을 상대해야 하는 게 두 번째였다.

무엇보다 짜증 나는 건 하석진을 힘으로 찍어 누를 수가 없다는 점이다.

주자가 나가면서 니시노 유카도 세트포지션으로 전환할 수밖에 없었다.

와인드업 포지션에서 공을 던질 때도 쉽게 이겨내지 못했던 하석진을 상대로 세트포지션에서 공을 던져야 한다는 사실이 니시노 유카의 어깨에 절로 힘이 들어가게 만들었다.

반면 하석진은 입가에 미소를 그렸다. 팀이 앞서고 있는 것도 아니고 스코어링 포지션에 주자가 나간 건 아니지만 느낌상 이번 타석 때 뭔가 좋은 타구를 만들어낼 수 있을 것 같았다.

게다가 오늘 니시노 유카를 상대로 타이밍이 잘 맞았다. 첫 타석 때는 2루타를 때려냈고 두 번째 타석 잘 맞은 타구가 중견수 플라이가 되고 말았다.

'이번에도 공격적으로 휘두르자.'

하석진이 애써 들뜬 마음을 다잡으며 방망이를 들어 올렸다. 좋은 공이 들어오면 망설이지 않고 공략하겠지만 만에 하나 니시노 유카가 승부를 피한다면 침착하게 사사구를 얻어낼 생각도 가졌다.

적시타를 후속 타자들에게 미루는 게 미안하긴 해도 루상에 주자가 쌓인다면 니시노 유카 역시 흔들릴 수밖에 없다고 여겼다.

"후우……."

천천히 숨을 고른 뒤 하석진이 방망이를 단단히 움켜쥐었다. 그리고 매서운 눈으로 니시노 유카를 바라봤다.

'저 자식이!'

자연스럽게 니시노 유카의 눈매도 일그러졌다. 루상에 있는 주자만 믿고 자신을 깔보는 듯한 하석진의 눈빛이 마음에 들지 않은 것이다.

'어디 칠 수 있으면 쳐 봐!'

니시노 유카가 이를 악물며 공을 내던졌다.

후앗!

바람소리와 함께 날아든 공이 몸 쪽 스트라이크존 코스를 훑듯 지나쳤다.

구종이 포심 패스트볼이었다면 스트라이크를 선언해도 이의가 없을 정도로 예리한 코스였다.

그런데 구종이 슬라이더였다는 게 구심을 고민스럽게 했다.

"볼."

잠시 뜸을 들이던 구심이 나직이 소리쳤다. 그러자 니시노 유카의 얼굴이 와락 일그러졌다.

'볼? 저게 볼이라고? 지금 장난하자는 거야?'

니시노 유카는 어처구니가 없었다. 대한민국의 4번 타자 하석진을 상대로 몸 쪽 승부를 건다는 건 결코 쉽지 않은 일이었다. 그것도 초구에 찔러 넣었다는 건 스트라이크를 잡겠다는 의지나 다름없었다.

그런데 볼이라니?

크게 빠진 것도 아니고 스트라이크나 다름없는 공에 볼 판정을 하다니!

'한국 놈들에게 뒷돈을 받은 게 틀림없어!'

니시노 유카는 지금껏 구심이 일본에게 유리한 판정을 해줬다는 사실을 까맣게 잊어버렸다. 오직 초구를 잡아주지 않았다는 이유만으로 구심을 한국 편으로 돌려세워 버렸다.

그렇다 보니 다나시게 겐지의 까다로운 코스 요구에 고개를 흔들 수밖에 없었다.

"왜 저러는 거지?"

니시노 유카가 연달아 고개를 흔들자 다나시게 겐지가 자리에서 일어났다.

그러자 니시노 유카가 올라오자 말라는 손짓을 했다. 뒤이어 자신이 사인을 내겠다는 뜻을 전했다.

'이 상황에서? 유카! 대체 무슨 생각을 하는 거야!'

다나시게 겐지는 답답했다. 당장에라도 포수 마스크를 벗고 크게 소리치고 싶었다. 하지만 갑작스럽게 날카로워진 니시노 유카를 잘못 건드려 봐야 좋을 게 없을 것 같았다.

"후우⋯⋯."

다나시게 겐지가 마지못해 자리에 앉았다. 그리고 니시노 유카에게 연달아 네 개의 사인을 냈다.

첫 번째는 몸 쪽을 파고드는 슬라이더.

두 번째는 몸 쪽으로 떨어지는 커브.

세 번째는 바깥쪽으로 흘러 나가는 슬라이더.

네 번째는 네 번째는 바깥쪽 꽉 찬 포심 패스트볼.

1루 쪽을 힐끔 바라 본 뒤 니시노 유카가 손가락을 네 개 펼쳤다. 그리고 있는 힘껏 공을 던졌다.

하지만.

퍼엉!

묵직한 미트 소리를 듣지 못한 듯 구심은 꿈쩍도 하지 않았다.

"젠장할!"

니시노 유카가 입술을 깨물었다. 그러고는 3구째 같은 코스로 포심 패스트볼을 내던졌다.

"왔다!"

니시노 유카가 스트라이크를 잡으러 들어온 거라 여겼던

하석진이 망설이지 않고 방망이를 내돌렸다.

하지만.

따악!

타구는 3루 파울라인 밖으로 크게 벗어나고 말았다.

"후우……."

겨우 한숨 돌린 니시노 유카는 4구째 커브를 몸 쪽 꽉 차게 붙여 넣었다. 하지만.

이번에도 구심의 손은 올라가지 않았다. 빠지는 공을 다나시게 겐지가 집어넣었다고 판단한 것이다.

그렇게 볼카운트가 원 스트라이크 쓰리 볼로 몰리자 니시노 유카도 어쩔 수 없이 5구를 몸 쪽 스트라이크존으로 밀어넣을 수밖에 없었다.

후앗!

새하얀 공이 벌겋게 상기된 니시노 유카의 손끝을 떠났다. 그 순간 하석진이 기다렸다는 듯이 방망이를 내돌렸다.

따악!

방망이 중심부에 걸린 타구가 곧장 2루수 머리 위쪽으로 날아갔다. 2루수 외다 노리히로가 재빨리 점프를 해보았지만 타구는 아슬아슬하게 글러브 끝을 스치고 말았다.

그사이 1루 주자 이진혁이 2루까지 진루했다.

무사 주자 1, 2루.

청소년 대표 팀이 다시 한번 기회를 잡아냈다.

"좋았어!"

조마조마한 눈으로 상황을 지켜보던 강동원이 자리에서 일어나 손뼉을 쳤다.

경기 후반, 한 점만 나도 분위기가 확 달라지는 시점에서 무사 주자 1, 2루라는 절호의 기회가 만들어졌으니 이길 수 있다는 희망이 샘솟았다.

반면 니시노 유카는 신경질적으로 마운드를 걷어찼다.

"젠장할! 고작 한국 놈들 따위에게 얻어맞다니!"

구심의 판정도 마음에 들지 않았지만 지난 슈퍼라운드 때 무실점으로 틀어막았던 한국 타자들에게 계속해서 얻어맞고 있다는 사실이 짜증이 났다.

"이대로는 안 되겠어."

보다 못한 포수 다나시게 겐지가 타임을 부른 후 마운드로 향했다.

하지만 니시노 유카의 흥분은 좀처럼 가라앉질 않았다.

그사이 대한민국 더그아웃도 바쁘게 움직였다.

"번트를 대는 게 어떤가?"

김운식 감독이 박준태 코치를 바라봤다.

그러자 박준태 수석 코치가 굳은 얼굴로 대답했다.

"2루 주자를 3루로 보내려면 정교하게 번트를 대야 하는데

원진이가 부담을 느낄 가능성이 큽니다. 게다가 그다음 타자인 성진이의 타격감도 좋아 보이지 않고요."

"그럼 원진이에게 그냥 맡기자, 이 말인가?"

"그게…… 하아, 어렵네요."

오늘 5번 타자 최원진과 6번 타자 임성진은 타석에서 좋은 모습을 보여주지 못하고 있었다.

최원진은 첫 타석에서 병살타를 쳤고, 두 번째 타석에서는 중견수 플라이 아웃으로 물러났다. 의도는 좋았다지만 냉정하게 말해 중심 타자로서 낙제점에 가까운 결과였다.

6번 타자 임성진은 더 심각했다. 니시노 유카에게 삼진만 두 개를 당한 상태였다.

이러니 박준태 코치도 고민이 될 수밖에 없었다.

'어떻게 한다? 그냥 원진이에게 맡겨?'

고심하던 김운식 감독의 시선이 그라운드 쪽으로 움직였다. 그때 최원진을 붙잡고 서 있는 김성희 타격 코치의 모습이 눈에 들어왔다.

얼핏 보기에도 김성희 코치와 최원진의 얼굴은 심각해 보였다. 다시 오지 않을 이번 기회를 살리기 위해 서로 머리를 맞대고 있는 게 분명했다.

"아무래도 원진이에게 맡기는 게 좋겠군."

김운식 감독은 고개를 주억거렸다. 김성희 코치가 저렇게 열성적으로 나섰는데 이제 와 타자를 바꿀 수는 없을 것 같았다.

혹시나 싶어 슬쩍 더그아웃 쪽을 바라봤던 김성희 코치도 별다른 움직임이 없자 계속해서 말을 이었다.

"원진아, 내가 했던 말들. 기억하고 있지?"

"네, 코치님."

"욕심 부리지 마, 주목받으려는 생각도 하지 말고. 그건 나중 일이야. 오늘 경기에서 이기지 못하면 아무 소용없는 거라고."

"네, 알고 있습니다."

"그래. 그러니까 몸 쪽이든 바깥쪽이든 하나만 노리고 스트라이크로 들어오는 걸 가볍게 맞혀내. 넌 힘이 좋으니까 분명 내야를 꿰뚫을 거다."

"알겠습니다."

"니시노 유카 보이지? 지금 저 녀석 흔들리고 있으니까 길게 끌지 말고, 초구부터 마음에 드는 공 들어오면 적극적으로 휘둘러 버려. 혹시라도 죽으면 내가 책임질 테니까."

"네, 코치님."

최원진이 힘차게 대답했다. 그리고 방망이를 들고 비장한 얼굴로 타석을 향해 걸어갔다.

그사이 다나시게 겐지도 대화를 마치고 포수석으로 돌아

왔다.

"얘기가 잘 안 됐나 본데?"

다나시게 겐지의 굳은 눈매를 본 최원진이 이죽거리듯 말했다. 그러자 다나시게 겐지가 퉁명스럽게 되받아쳤다.

"뭐라는 거야, 한국 놈이!"

"이 자식, 느낌이 욕인데?"

"할 말 있으면 일본어로 해! 한국말로 지껄이지 말고."

다나시게 겐지와 최원진의 잡담이 길어지자 구심이 나직이 헛기침을 내뱉었다.

"짜식들, 쫄기는."

최원진의 입가로 웃음이 번졌다.

무사 1, 2루. 오늘 경기 승패의 향방을 가를 중요한 상황에서 긴장한 게 자신뿐만이 아니라는 사실이 마음을 가볍게 만들어주었다.

반면 니시노 유카에게 침착하라고 주문했던 다나시게 겐지는 오히려 흥분을 감추지 못했다.

'건방진 자식들. 너희들이 점수를 낼 수 있을 거 같아?'

다나시게 겐지가 바깥쪽으로 빠른 공을 요구했다. 그러자 니시노 유카가 흠칫 놀라더니 고개를 저으며 발을 풀었다.

니시노 유카는 마운드에 올라 사인을 받기 전 주자를 힐끔 쳐다보았다.

'저 멍청이가 지금 무슨 사인을 내고 있는 거야? 무사 1, 2 루잖아! 그럼 지금까지처럼 당연히 번트를 댈 거 아냐!'

니시노 유카는 한국 벤치에서 번트 작전을 걸었을 거라 확신했다. 설마하니 자신을 상대로 힘으로 밀어붙여 점수를 뽑아내려 들지는 않을 거라고 생각했다.

니시노 유카가 시간을 끌자 일본 대표 팀 벤치도 내야수들의 위치를 조정했다. 괜히 전진 수비를 했다가 안타를 내줄 가능성이 높아 일부러 정상 수비를 고집했지만 마운드에 선 투수가 번트를 의식한다면 따라가는 수밖에 없었다.

벤치의 지시를 받은 1루수 다카하시 코스케와 3루수 이바타 미치히로가 베이스 라인 앞쪽까지 걸음을 옮겼다. 그 사이 다나시게 겐지는 니시노 유카에게 몸 쪽 높은 코스의 사인을 냈다.

'그래, 그래야지.'

니시노 유카가 단단히 고개를 끄덕였다. 그리고 1루 주자 하석진과 2루 주자 이진혁을 힐끔 바라본 뒤 재빨리 공을 던졌다.

후앗!

바람 소리와 함께 공이 최원진의 몸 쪽을 파고들었다. 최원진이 아무 생각 없이 번트 자세를 취했다면 얼굴로 날아드는 공에 질겁하며 뒷걸음질을 쳤을 만한 코스였다.

하지만 정작 최원진은 번트를 댈 생각이 전혀 없었다.

'들어왔다!'

김성희 코치의 조언대로 최원진이 가볍게 방망이를 내돌렸다.

따악!

낮게 깔린 타구가 3루수 이바타 미치히로의 옆쪽으로 굴렀다. 이바타 미치히로가 다급히 몸을 날렸지만 이번에도 타구는 글러브를 스치고 외야로 빠져나가 버렸다.

"돌아! 돌아!"

"뛰어! 진혁아 달려!"

글러브에 굴절되며 타구의 속도가 느려지자 청소년 대표팀 선수들이 한목소리로 소리쳤다.

"크아아아!"

이진혁이 악을 내지르며 3루를 돌아 홈으로 내달렸다.

좌익수 니오카 신야가 재빨리 공을 포구해 홈으로 내던졌지만 서두른 탓에 1루 쪽으로 방향이 벗어나고 말았다.

자리를 벗어나 공을 받은 다나시게 겐지가 뒤늦게 홈으로 돌아왔을 때는 이미 이진혁은 이미 슬라이딩을 하고 있었다.

"어딜!"

다나시게 겐지도 이진혁을 향해 몸을 날렸다.

쏴아아아!

터억!

홈 플레이트가 순식간에 전쟁터로 변했다.

구심은 두 눈을 부릅뜨고 상황을 지켜보았다. 그러다 다나시게 겐지의 미트가 이진혁의 어깨 위에 걸친 걸 확인하고는 재빨리 양손을 펼치며 외쳤다.

"세이프!"

그렇게 지루하기만 했던 0 대 0의 균형이 깨졌다.

"우오오오오!"

홈 플레이트 앞에서 이진혁이 무릎을 꿇고 포효하는 사이 포수 다나시게 겐지는 재빨리 3루로 공을 던졌다.

그러나 2루를 돌아 3루로 전력 질주하던 하석진을 잡아내진 못했다.

무사 1, 2루 상황이 무사 1, 3루 상황으로 변했다.

"후우……."

일본 대표 팀 나가시마 감독의 입에서 절로 한숨이 흘러나왔다. 니시노 유카를 믿고 한 이닝을 더 밀어붙였던 게 이런 결과로 이어질 줄은 미처 생각하지 못한 얼굴이었다.

나가시마 감독이 포수 다나시게 겐지를 바라봤다. 때마침 벤치 쪽을 바라보고 있던 다나시게 겐지가 살짝 고개를 흔들었다.

더 이상은 힘들다.

니시노 유카와 찰떡 호흡을 자랑하던 다나시게 겐지가 저렇게 말할 정도면 투수를 교체해 주어야 했다.

나가시마 감독이 작게 한숨을 내쉬고는 뒤에 서 있는 구로다 투수 코치를 불렀다.

"구로다 코치."

"네, 감독님."

"지금 불펜에 준비된 투수가 누구지?"

"우에하라입니다."

"바로 바꿀 수 있나?"

"그게…… 7회는 니시노가 막아줄 거라 여기고 몸을 풀고 있을 겁니다."

"일단 니시노에게 한 타자 더 맡겨볼 테니 서두르라고 이르게."

"아, 알겠습니다."

일본 벤치가 분주해졌다.

하지만 니시노 유카는 그 모습을 미처 파악하지 못했다.

"젠장! 저걸 못 잡다니!"

니시노 유카의 날선 시선은 3루수 이바타 미치히로에게 향해 있었다. 타구의 속도가 빨랐다곤 하지만 최선을 다했다면 분명 잡을 수 있었다고 생각한 것이다.

이바타 미치히로가 그 타구를 건져 냈다면?

실점은커녕 5-4-3으로 이어지는 더블플레이가 나왔을 것이다.

그런데 이바타 미치히로의 안이한 플레이 하나가 경기를 이렇게 망쳐놓았다.

"젠장할!"

니시노 유카가 악을 내지르며 홈 플레이트 쪽을 바라봤다.

그 사이 6번 타자 임성진이 타석에 들어서 있었다.

'저 녀석에게까지 얻어맞을 수는 없지.'

앞선 두 타석에서 임성진을 삼진으로 돌려세웠다는 사실을 기억해 낸 니시노 유카가 질근 입술을 깨물었다. 그러고는 빠르게 초구를 내던졌다.

퍼엉!

날카롭게 날아든 포심 패스트볼이 바깥쪽에 꽂혀 들어왔다.

하지만 흥분한 탓일까.

다나시게 겐지의 미트 위치보다 공이 두 개 정도 바깥으로 벗어나 있었다.

2구째 던진 서클체인지업도 마찬가지였다. 맞지 않겠다는 생각으로 과하게 손목을 비튼 탓에 정작 공이 원 바운드로 들어가 버렸다.

"빌어먹을!"

니시노 유카의 입에서 절로 욕지거리가 터져 나왔다. 중요한 순간임에도 불구하고 전혀 제구가 되지 않고 있었다.

"후우……. 이대로는 힘들어."

포수 다나시게 겐지가 나가시마 감독 쪽으로 고개를 돌렸다.

하지만 나가시마 감독은 미동도 하지 않았다.

아직 우에하라 히로키의 몸이 덜 풀린 상태였다. 그래서 가급적이면 이번 타자까지는 니시노 유카에게 맡길 생각이었다. 그것 또한 에이스에 대한 예우라 판단했다.

'젠장. 어떻게든 알아서 버티라는 소리 같은데…….'

다나시게 겐지가 다시 니시노 유카를 바라봤다. 그러고는 손가락을 부지런히 움직였다.

다나시게 겐지가 원하는 공은 슬라이더였다. 그것도 몸 쪽으로 깊숙이 들어오는 슬라이더가 필요했다. 그 공이 제대로만 들어온다면 임성진의 방망이를 충분히 이끌어낼 수 있다고 여겼다.

"후우……."

길게 숨을 내쉬며 니시노 유카가 고개를 끄덕였다. 그러고는 이를 악물고 공을 던졌다.

후앗!

니시노 유카의 손끝을 빠져나간 공이 다행히 다나시게 겐지가 요구하는 코스로 날아왔다. 그러자 임성진도 처음으로 방망이를 내돌렸다.

따악!

둔탁한 타격 소리와 함께 임성진의 손에 강한 충격이 전해졌다. 충분히 지쳤을 거라 생각한 니시노 유카의 공이 생각 이상으로 묵직했던 것이다.

그 바람에 힘 있게 잡아당긴 타구는 유격수 다니 가스히로의 정면으로 굴러갔다.

"젠장!"

병살타를 모면하기 위해 임성진이 이를 악물고 1루로 내달렸다.

하지만 다니 가스히로를 거쳐 2루수 와다 노리히로, 1루수 다카하시 코스케로 이어지는 6-4-3 더블플레이를 막아내지 못했다.

그나마 위안은 3루 주자 하석진이 그사이 홈을 밟았다는 점이다.

그렇게 전광판 스코어가 2 대 0으로 바뀌었다.

"괜찮아! 유카!"

"고작 두 점이야! 따라잡을 수 있어!"

일본 관중들이 한목소리로 니시노 유카를 응원했다. 냉정하게 말해 무사 주자 1, 3루인 상황에서 한 점과 아웃 카운트

두 개를 맞바꿨다면 전혀 손해 보는 장사가 아니었다.

하지만 연달아 실점을 한 니시노 유카의 자존심은 무너질 대로 무너진 상태였다.

"젠장할!"

니시노 유카는 7번 타자 강성원을 상대로 스트라이크를 던지지 못했다. 초구부터 4구까지 연달아 스트라이크존을 벗어나는 높은 공을 던지며 무너져 버렸다.

"감독님!"

"바꿔야 합니다!"

니시노 유카가 흔들리자 코치들이 한목소리로 말했다.

하지만 나가시마 감독은 입술을 깨물었다. 여기서 니시노 유카를 강판시켰다간 일본의 미래를 책임질 인재를 잃게 될 것만 같았다.

"마지막 남은 아웃 카운트 하나는 니시노의 몫이야."

나가시마 감독은 니시노 유카에게 힘을 내라며 주먹을 쥐어 보였다. 그 사인을 확인한 니시노 유카가 마지막으로 전력을 다하면서 8번 타자 박상현을 유격수 땅볼로 유도해 냈다.

"크아아아!"

마지막 아웃 카운트가 잡히자 니시노 유카가 거칠게 포효했다. 관중들도 7이닝 2실점으로 호투한 니시노 유카에게 박수를 보내 주었다.

"고생했다, 니시노."

나가시마 감독도 직접 다가와 니시노 유카의 어깨를 두드렸다. 그러면서 아직 진 게 아니니 에이스로서 끝까지 경기를 지켜봐 달라고 주문했다.

"네, 알겠습니다."

니시노 유카는 당당하게 벤치에 자리를 잡았다. 그리고 수건으로 땀을 닦으며 마운드에 올라오는 강동원을 노려봤다.

'지금쯤 이겼다고 까불고 있겠지만 방심하지 마라. 두 점 정도는 단숨에 뒤집어줄 테니까.'

니시노 유카는 자신에게 빼앗아 간 두 점이 결국 강동원에게 독이 될 것이라고 여겼다. 아니, 그렇게 되길 기도하고 또 기도했다.

하지만 정작 강동원은 두 점 차이로 리드하고 있다는 사실을 깨끗이 잊은 지 오래였다.

'0 대 0이다. 아니, 1 대 0으로 지고 있어. 여기서 한 점만 더 주면 오늘 경기는 끝난다.'

니시노 유카가 남겨놓은 마운드의 흔적을 지우며 강동원이 혼잣말처럼 중얼거렸다.

관중들의 웅성거림 속에서도 강동원은 집중력을 놓치지 않으려고 노력했다.

아직 일본 대표 팀의 공격은 세 차례나 남아 있었다. 남은 9개의 아웃 카운트를 전부 잡아내기 전까지 경기는 끝난 게 아니었다.

"정신 바짝 차려, 강동원."

마지막으로 크게 숨을 들이켠 뒤 강동원이 힘차게 공을 던졌다.

퍼엉!

묵직한 포구 소리가 경기장에 울렸다.

그러자 일본 관중들의 수군거림이 일시에 잦아들었다.

퍼엉!

마지막 연습 투구를 마친 강동원이 팔을 가볍게 돌렸다. 투구 수가 많아지면서 어깨가 약간 뻐근해지긴 했지만 특별히 심각한 것 같진 않았다.

그때 박상현이 마운드로 걸어 올라왔다.

"왜 왔어?"

"왜 오기는, 어깨는 어때?"

"괜찮아, 신경 쓰지 마."

"나 지금 진지하다."

"나도 진지해. 아까 내가 던진 공 못 봤어? 아직까진 끄떡없다고."

"후우⋯⋯. 그래도 체력 관리 좀 하자. 니시노 유카가 무너졌으니까 저 녀석들도 분명 널 끌어내리려고 굴 거야. 그렇다고 무작정 정면 승부를 걸 수도 없으니 공을 까다롭게 던질 수밖에 없어.”

“그래. 알고 있어.”

“괜찮겠냐?”

“뭐가?”

“계속해서 빡빡하게 가도 괜찮겠냐고.”

“상관없어. 난 널 믿으니까.”

강동원이 박상현을 똑바로 보며 말했다. 솔직히 말해 지금은 한문혁보다도 박상현의 리드에 더 신뢰가 갈 정도였다.

그런 강동원의 진심이 전해진 것일까.

“그래, 알았다. 그럼 나만 믿고 따라와.”

“그래.”

포수석으로 돌아온 박상현은 일본 타자들의 약점을 철저하게 역이용하기로 전략을 바꿨다. 경기 후반이었다. 강동원도 지친 만큼 경기 초반처럼 무작정 힘으로 밀어붙이는 건 한계가 있었다.

그사이 타석에 3번 타자 후쿠도메 요시노부가 들어왔다.

‘까다롭긴 하지만 확실히 처리하자.’

박상현이 신중하게 사인을 냈다.

‘좋아.’

강동원도 박상현의 고심이 헛되지 않도록 신중하게 공을 던졌다.

퍼엉!

초구 포심 패스트볼은 바깥쪽 코스에 꽉 차게 들어왔다. 후쿠도메 요시노부가 어깨를 움찔거렸지만 생각보다 날카로운 공에 방망이를 내밀지 못했다.

퍼엉!

2구째 포심 패스트볼도 바깥쪽으로 향했다. 초구보다 공 두 개 정도 빠져나가는 공이었다. 후쿠도메 요시노부의 방망이를 끌어내기 위한 유인구였지만 그는 그런 것에 속지 않았다.

원 스트라이크 원 볼 상황에서 3구째 커브가 한가운데 낮은 코스로 들어왔다. 이번에도 유인구였지만 후쿠도메 요시노부는 가까스로 방망이를 멈춰 세우며 볼카운트를 유리하게 끌고 갔다.

하지만 그 이점은 오래가지 않았다.

따악!

4구째 슬라이더가 제대로 몸 쪽을 파고들면서 후쿠도메 요시노부의 방망이를 이끌어 낸 것이다.

볼카운트가 균형을 되찾은 가운데 강동원의 5구째 커브가 바깥쪽으로 형성됐다. 그것을 후쿠도메 요시노부가 놓치지 않고 걷어내며 파울을 만들어냈다.

"후우······."

가까스로 삼진 위기를 벗어난 후쿠도메 요시노부가 한숨을 내쉬었다. 하지만 또다시 날아든 커브는 제대로 걷어내지 못했다.

딱!

방망이 끝에 걸린 타구가 내야에 높게 치솟았다.

"동원아! 내가 잡을게!"

2루수 안상헌이 다급히 마운드 쪽으로 달려 나왔다. 그러고는 강동원을 대신해 타구를 잡아냈다.

"후우······."

첫 번째 아웃 카운트를 어렵사리 잡아낸 강동원의 입에서 안도의 한숨이 흘러나왔다. 후쿠도메 요시노부는 타석에서 변화구를 철저하게 걷어내며 포심 패스트볼만 노렸다.

이번 타구마저 파울이 됐다면 적어도 투구 수가 2개 이상 늘어날 뻔 했다.

"이제 여덟 개 남았다."

강동원이 다시 마운드에 섰다. 타석에는 4번 타자 다카하시 코스케가 강동원을 노려보고 있었다.

하지만 강동원은 다카하시 코스케를 무시한 채 박상현의 가랑이 쪽에 시선을 고정했다.

그러자 박상현이 기다렸다는 듯이 손을 움직였다.

초구 사인은 바깥쪽으로 형성되는 백도어성 커브.

좌타자인 다카하시 코스케의 눈에는 멀리 보일 수밖에 없는 코스였다.

후앗!

강동원이 박상현의 미트를 향해 빠르게 공을 내던졌다.

퍼억!

박상현이 살짝 빠져나가려는 공을 자연스럽게 끌어당겼다.

그러나 구심은 보란 듯이 볼을 선언해 버렸다.

'진짜 오늘 구심 마음에 안 든다니까.'

미간을 찌푸리며 박상현이 2구째 몸 쪽 포심 패스트볼을 요구했다. 초구 커브로 시선을 빼앗은 만큼 포심 패스트볼이 충분히 승산이 있다고 여겼다.

그 예상은 적중했다.

퍼엉!

강동원의 손을 빠져나간 공이 곧장 몸 쪽으로 날아들었지만 다카하시 코스케는 방망이를 내밀지 못했다.

3구 역시 마찬가지.

퍼엉!

다카하시 코스케는 바깥쪽에 꽉 찬 포심 패스트볼을 그저 지켜보기만 했다.

'뭐지? 설마 커브를 노리는 건가?'

박상현은 4구째 곧장 커브 사인을 냈다.

홈 플레이트 앞쪽에서 바운드되는 공. 그 공으로 다카하시 코스케의 방망이를 끌어낼 볼 생각이었다.

하지만 다카하시 코스케는 속지 않았다. 5구째 높은 커브도 마찬가지. 어깨를 꿈틀거리긴 했지만 끝까지 침착하게 지켜본 뒤 풀카운트를 만들었다.

"후우……."

강동원이 길게 숨을 골랐다.

바로 그때 박상현이 타자 쪽으로 바짝 붙어 앉았다.

'이번엔 여기!'

강동원이 고개를 끄덕인 후 힘차게 공을 던졌다.

후앗!

강동원의 손끝을 빠져나간 공이 순식간에 다카하시 코스케의 몸 쪽을 파고들었다.

그 순간 다카하시 코스케의 방망이가 돌아갔다.

딱!

제법 날카로운 타격음이 경기장에 울렸다.

하지만 손잡이 쪽에 걸린 공은 힘을 잃고 1루수 정면으로 굴러갔다. 어찌나 정직하게 구르던지 다카하시 코스케가 1

루로 달리는 걸 포기할 정도였다.

"석진아!"

깔끔하게 두 번째 아웃 카운트를 처리해 준 1루수 하석진에게 엄지손가락을 추켜들어 보인 뒤 강동원이 다시 투구판을 밟았다.

주인이 바뀐 타석에는 5번 타자 니오카 요시모토가 들어와 있었다.

'이번에는 투구 수를 좀 아껴야 할 텐데…….'

강동원은 늘어나는 투구 수가 슬슬 걱정스러웠다. 이번 이닝에만 벌써 12구를 던진 만큼 가급적이면 빠른 볼카운트에서 니오카 요시모토를 처리하고 싶었다.

하지만 박상현은 여전히 신중했다. 마치 단 하나의 안타도 내주지 않겠다며 초구부터 바깥쪽 꽉 차는 공을 요구했다.

"후우……."

길게 숨을 고르며 강동원이 박상현의 미트를 향해 힘껏 공을 던졌다.

퍼엉!

순식간에 홈 플레이트를 스치고 사라진 공이 박상현의 미트를 흔들어놓았다.

"스트라이크!"

실로 절묘한 제구에 구심이 못마땅한 얼굴로 오른팔을 들어 올렸다.

후앗!

강동원은 2구째 바깥쪽으로 흘러 나가는 슬라이더를 던졌다. 니오카 요시모토가 건드려 주길 바라는 마음에 박상현의 요구보다 조금 더 스트라이크에 가깝게 던졌다.

그래서인지 니오카 요시모토가 덤벼들 듯 방망이를 내돌렸다.

하지만.

따악!

방망이 끝에 걸린 타구는 1루 파울라인을 벗어나고 말았다.

"괜찮아, 투 스트라이크야."

강동원은 애써 아쉬움을 털어냈다. 그리고 박상현의 사인을 기다렸다.

때마침 박상현도 3구째 바깥쪽으로 흘러 나가는 커브를 요구했다.

"좋아!"

강동원은 니오카 요시모토를 삼진으로 잡아내겠다는 심정으로 힘껏 공을 내던졌다.

흥분한 탓에 살짝 높이 들어가긴 했지만 폭포수처럼 뚝 하고 떨어진 공을 니오카 요시모토는 멍하니 바라볼 수밖에 없었다.

그런데.

"볼!"

정작 구심은 볼을 선언했다.

이후에 던진 4구와 5구도 마찬가지였다. 스트라이크존과 볼의 경계선상으로 들어가는 공들이 전부 볼 판정을 받고 말았다.

"젠장!"

강동원이 질근 입술을 깨물었다. 이렇게 된 거 한복판으로 포심 패스트볼을 찔러 넣고 싶은 욕구가 치밀었다.

하지만 박상현은 6구째도 유인구 사인을 냈다.

바깥쪽 슬라이더.

니오카 요시모토가 스트라이크를 노리고 있을 테니 일부러 때려내기 어려운 코스를 요구한 것이다.

'어쩔 수 없지.'

강동원이 박상현의 미트를 향해 힘껏 공을 내던졌다.

하지만.

퍼엉!

아슬아슬하게 걸쳐 들어간 공은 이번에도 스트라이크 판정을 받지 못했다.

"좋았어!"

구심의 도움으로 사사구를 얻어낸 니오카 요시모토가 손뼉을 치며 1루로 달려 나갔다.

그러자 침묵으로 일관하고 있던 일본 측 응원단들이 일제히 환호성을 내질렀다. 덩달아 도쿄돔도 떠들썩하게 바뀌었다.

"좋아! 잘하고 있어!"

"그대로 밀어붙이라고!"

일본 관중들이 한목소리로 소리쳤다. 이대로 강동원을 강판시킨다면 충분히 역전이 가능할 거라고 생각한 것이다.

그러자 김운식 감독이 처음으로 타임을 불렀다. 그리고 마운드에 있는 강동원을 향해 터벅터벅 걸어갔다.

그 모습을 본 일본 중계진들이 흥분하기 시작했다.

-대한민국의 김운식 감독이 마운드로 향합니다.

-이건 여지없는 투수 교체죠.

-맞습니다. 지금 상황에서 감독이 마운드로 향했다는 것은 투수 교체 말고는 없습니다.

-그런데 지금 한국 불펜에 누가 대기하고 있죠?

-불펜에 대기하고 있는 선수가…… 어? 없는데요?

-이게 지금 어떻게 된 일이죠?

일본 중계진이 당혹스러운 눈으로 마운드를 바라봤다. 그 사이 마운드에 도착한 김운식 감독이 가볍게 미소를 띠며 말했다.

"동원아, 힘들지?"

"아직은 괜찮습니다."

"더 던질 수 있겠니?"

"네, 문제없습니다."

"하하. 그래, 우리 동원이 체력은 알아줘야 하니까. 그건 그렇고, 상현아."

"네, 감독님."

"너무 신중하게 리드하는 거 아니냐? 중심 타선이라 그런 건 알겠는데 때론 과감하게 승부를 걸어야지. 지금 세 타자 연속으로 풀카운트 승부인 거 알지?"

"네, 알고 있습니다. 그런데 유인구에 쉽게 나오지가 않네요."

"그럴 땐 뒤의 수비수들을 믿고 승부를 걸어."

"네, 감독님."

"좋아, 마지막 아웃 카운트 하나다. 멋지게 잡고 이번 이닝을 깔끔하게 끝내자."

"넵, 감독님!"

강동원과 박상현을 독려한 뒤 김운식 감독이 마운드를 내려갔다. 그러자 박상현이 뒷머리를 긁적거렸다.

"미안하다, 동원아."

"미안하긴 뭐가 미안해? 난 널 믿고 던지기로 했으니까 신경 쓰지 마."

"후후, 알았다. 이제부터는 좀 빠르게 승부해 볼게."

"그래, 알았어."

의견 교환을 마친 박상현이 다시 포수석으로 돌아갔다. 그러고는 초구부터 과감하게 사인을 냈다.

중심 타선이 지나갔기 때문일까.

아슬아슬하게 걸치는 그런 공 따위는 이제 필요 없다고 판단한 것이다.

"짜식, 진즉 그랬어야지."

강동원이 피식 웃으며 고개를 끄덕였다. 그리고 박상현의 리드대로 포심 패스트볼을 힘차게 던졌다.

후앗!

강동원의 손끝을 빠져나간 공이 6번 타자 이바타 미치히로의 몸 쪽을 파고들었다. 그러자 기다렸다는 듯이 방망이를 내돌렸다.

따악!

둔탁한 소리와 함께 타구가 크게 치솟았다. 하지만 이내 3루 측 관중석 쪽으로 넘어가 버렸다.

강동원이 2구째 바깥쪽 슬라이더를 내던지자 이번에도 이바타 미치히로가 방망이를 움직였다.

하지만.

따악!

방망이 끝에 걸린 타구는 1루 베이스 오른쪽으로 빠져나가 버렸다.

순식간에 투 스트라이크를 잡아내자 박상현은 결정구로 커브를 요구했다.

바깥쪽에 꽉 차게 들어오는 강동원표 커브.

"좋았어."

강동원이 씩 웃었다. 그러고는 박상현의 미트를 향해 힘껏 공을 내던졌다.

후앗!

강동원의 손을 빠져나간 공이 큰 포물선을 그리며 날아갔다. 이바타 미치히로가 깜짝 놀라며 방망이를 내돌려 봤지만 크게 떨어지는 공의 움직임을 제대로 포착해 내지 못했다.

"크아아아!"

이바타 미치히로의 헛스윙을 확인한 뒤 강동원이 글러브를 두드리며 크게 포효했다.

그렇게 일본의 중심 타선이 들어섰던 7회 말 공격이 허무하게 끝나 버렸다.

강동원을 무너뜨릴 절호의 기회를 놓쳤지만 일본 대표 팀은 경기를 포기하지 않았다.

"스트라이크!"

니시노 유카를 대신해 마운드에 오른 우에하라 히로키는 최고 구속 153㎞/h의 묵직한 포심 패스트볼과 포심 패스트볼과 큰 차이가 없는 싱커를 적극 활용해 청소년 대표 팀 타자들의 방망이를 끌어냈다.

선두 타자로 들어선 9번 타자 황선주는 초구 포심 패스트볼을 지켜본 뒤 2구째 같은 코스로 들어오는 싱커를 공략했다가 유격수 땅볼로 물러났다.

1번 타자 강덕진도 마찬가지였다.

따악!

초구 포심 패스트볼 이후 연달아 들어온 두 개의 싱커를 잘 골라냈지만 4구째 몸 쪽을 찔러 들어오는 포심 패스트볼에 타이밍을 빼앗겨 2루수 앞 평범한 땅볼을 때리고 말았다.

따악!

2번 타자 안상헌은 포심 패스트볼 두 개를 연달아 걸러낸 뒤 3구째 들어온 싱커를 힘껏 받아쳤다.

하지만 방망이 윗동에 걸린 타구는 끝까지 뻗어 나가지 못하고 중견수 아카호시 도모히로의 글러브 속에 붙잡히고 말았다.

그렇게 우에하라 히로키의 투구가 끝나자 중계 카메라가 한국의 불펜 쪽으로 카메라를 돌렸다. 강동원의 투구 수가 100구를 넘어선 만큼 투수가 교체될 것이라고 예상한 것이다.

하지만 정작 8회 말 일본 대표 팀의 공격을 막기 위해 마운드에 오른 건 다름 아닌 강동원이었다.

─이게 말이 됩니까. 7회까지 마운드를 지켰던 강동원 선수가 8회에 또다시 마운드에 올랐습니다.

─아, 이건 아니죠. 제가 보기에 강동원 선수는 이미 한계 투구 수를 넘어섰습니다. 그런데 8회에 또 올리다니요. 이것은 정말 혹사입니다.

─대한민국 고교 야구에서 투수 혹사는 종종 나오고 있다고 합니다만 국제 대회에서까지 이럴 줄은 몰랐습니다.

─대한민국 야구의 안타까운 현실이 아닐 수 없네요.

일본 중계진은 선수를 보호할 줄 모르는 한국 청소년 대표 팀 코칭스태프를 맹비난했다. 그러나 강동원이 8회에도 흔들림 없는 모습을 보이자 일본 중계진의 불만이 들어가 버렸다.

8회 말에 오른 강동원은 일본의 하위 타선을 맞이해 마치 칠 테면 쳐 보라는 심산으로 공을 던졌다.

상당수의 공이 스트라이크존에 몰려 들어갔지만 강동원은 눈 하나 깜짝하지 않았다.

그런 공격적인 투구에 7번 타자 다니 가스히로와 8번 타자 다나시게 겐지, 9번 타자 니오카 신야가 모두 삼진으로 물러나고 말았다.

―정말 대단합니다. 강동원 선수!

―투구 수가 100개를 넘어갔는데요. 오히려 더욱 힘을 내서 일본 타자들을 윽박지르고 있습니다!

한국 중계진은 흥분을 감추지 못했다. 한국의 기자들도 마찬가지, 한국의 우승을 위해 투혼을 불사르는 강동원의 모습에 다들 넋이 나가 버렸다.

"후우……."

8회를 막아낸 강동원이 당당하게 마운드를 내려갔다. 그 모습을 지켜보는 코치들이 저마다 감탄을 하며 박수를 보냈다.

특히나 강동원을 대단치 않게 여겼던 김성식 투수 코치는 얼굴이 화끈거려 죽을 맛이었다.

'이렇게 대단한 줄 모르고 차별을 했다니⋯⋯.'

김성식 투수 코치는 강동원을 등용한 김운식 감독을 이해하지 못했다. 명문이라고 꼽기 어려운 지방의 고교 야구 투수가 대표 팀의 에이스 자리를 차지했으니 솔직히 황당하기까지 했다.

그래서 김성식 코치는 강동원을 인정하지 않았다. 예선전에서 쿠바를 잡아낼 때도 그저 운이 좋은 것뿐이라고 평가절하 했다.

그러나 미국을 잡고 일본까지 잡아내며 한국을 우승의 문턱까지 끌어올린 지금은 생각이 달라졌다. 이제는 강동원을 인정하지 않을 도리가 없었다.

하지만 지금 이 순간, 가장 기분이 좋은 건 다름 아닌 김운식 감독이었다.

"동원아, 이제는 힘들지?"

"아뇨. 하나도 안 힘듭니다."

"그래? 그럼 9회에도 나갈래?"

"네! 맡겨만 주세요!"

강동원이 어깨에 감싸고 있던 수건을 집어 던지며 말했다.

그 모습에 김운식 감독이 처음으로 크게 웃음을 터뜨렸다.

8

청소년 대표 팀의 9회 초 마지막 공격도 득점 없이 끝이 났다.

일본 대표 팀은 마지막까지 최선을 다하겠다며 또다시 투수를 교체했다. 그리고 이번 대회 마무리 투수로 활약했던 마스자카 쓰요시를 올렸다.

변칙적인 투구 폼으로 유명한 마스자카 쓰요시는 타이밍을 맞추기 쉽지 않은 투수였다.

3번 타자 이진혁부터 시작해 4번 타자 하석진, 5번 타자 최원진까지 어떻게든 안타를 때려내려 노력했지만 전부 범타로 물러나고 말았다.

그렇게 2 대 0의 점수가 이어졌다. 이런 상황에서 9회 말 결승전의 마지막 투수로 올라온다는 것은 솔직히 부담스러울 수밖에 없었다.

대한민국 중계진과 일본 중계진들도 과연 강동원이 9회에도 올라올 것인지에 대해 초점을 맞췄다.

바로 그때.

철컹.

굳게 닫혀 있었던 1루 측 불펜 문이 열렸다. 그리고 그곳에서 한 명의 투수가 뛰어나왔다.

―아, 투수가 바뀝니다. 강동열 선수인데요.

―지난 일본과의 슈퍼라운드 경기 때 아깝게 패전 투수가 됐던 선수죠. 오늘 선발로 등판했던 강동원 선수의 사촌 동생이기도 합니다.

―청소년 대표 팀에서 가장 나이가 어린 선수인데요. 큰 부담을 안고 마운드에 올라야 할 것 같습니다.

한국 중계석에서 걱정 어린 목소리가 흘러나왔다.

반면 일본 중계석과 관중들은 박수를 치며 좋아했다.

"저 녀석, 지난번에 우리가 밟아버린 녀석이잖아?"

"좋아! 지금이야! 한국을 무찌르라고!"

일본 관중들이 한목소리로 소리쳤다. 지난 슈퍼라운드 경기 때처럼 강동열을 무너뜨리고 9회 말 역전 드라마를 써줄 것을 기대했다.

그러나 9회 말에 마운드에 올라온 강동열은 슈퍼라운드 때의 강동열이 아니었다.

퍼엉!

강동열은 언제 일본 타자들에게 두드려 맞았냐는 듯 고속 슬라이드를 앞세워 일본 대표 팀의 세 타자 연속 삼진으로 돌려세웠다.

선발일 때야 체력 안배를 해야 했지만 고작 한 이닝을 책임지는 불펜이라면 이야기가 달랐다. 그래서 강동열은 자신이 가진 최고의 공을 이 악물고 내던졌다.

"스트라이크!"

"스트라이크, 아웃!"

일본 타자들은 슈퍼라운드 때와는 전혀 다른 공의 위력에 제대로 된 방망이 한번 휘두르지 못했다.

그렇게 강동원-강동열 사촌 형제에 의해 일본의 홈 대회 우승은 무산되고 말았다.

"크아아아!"

강동열이 마지막 타자를 삼진으로 돌려세우자 박상현이 마스크를 벗고 마운드로 뛰어갔다. 그러자 강동열도 마다하지 않고 박상현을 부둥켜안으며 승리의 함성을 내질렀다.

"우승이다아아!"

"크아아아!"

더그아웃에 있던 선수들도 일제히 그라운드로 뛰어갔다. 서로 서로 손을 잡고, 부둥켜안으며 눈물을 흘렸다.

최종 스코어 2 대 0.

도쿄에서 열린 제27회 세계 청소년 야구 선수권 대회의 우승은 대한민국의 차지였다.

승리 투수 강동원.

세이브 강동열.

패전 투수 니시노 유카.

결승전 후 발표된 MVP와 최우수 투수도 당연히 강동원의
몫이었다.

이렇게 강동원 인생의 2막이 화려하게 시작됐다.

16장
금의환향

대한민국의 에이스, 강동원! 110구의 투혼!

에이스 강동원 8이닝 완벽투! 대한민국 우승!

한국 야구, 8년 만에 세계 청소년 야구 선수권 대회에서 우승!

도쿄대첩! 한국 청소년 대표 팀이 일본 야구를 침몰시켰다!

긱공 포털 사이트를 타고 세계 청소년 야구 선수권 대회 우승 기사들이 쏟아져 나왔다.

ㄴ오올, 우승이라니!

ㄴ이 경기 봤는데 진짜 짜릿했다.

ㄴ선수들도 다들 수고 많았음. 하지만 그중에서 최고는 강동원.

ㄴ맞아, 강동원 진짜 물건이더라. 최동원 이름 따라했다고 해서 비호감이었는데 어제 경기 보고 팬 됨.

아마 야구의 경사에 야구팬들도 기쁨을 함께했다. 그 과정에서 강동원의 이름 석 자가 심심치 않게 거론되었다.

스포츠 신문들도 첫 번째 페이지에 강동원의 역동적인 투구 사진을 올리며 아낌없는 찬사를 보냈다.

같은 시각.

청소년 대표 팀 선수들은 귀국행 비행기를 타기 위해 도쿄 공항으로 출발했다. 호텔을 나서자 모여든 재일 동포가 플래카드를 흔들며 선수들을 배웅했다.

"우승 축하합니다!"

"다들 고생 많았어요!"

"정말 멋져요!"

나이 지긋한 어르신들부터 학생들에 이르기까지 백여 명의 사람이 호텔 앞을 가득 메웠다.

"감사합니다!"

"열심히 할게요."

강동원을 비롯한 선수들이 고개를 꾸벅이며 버스에 올랐다. 교포들의 진심 어린 환대 때문인지 몰라도 선수들의 얼굴은 우승을 하던 그 순간처럼 한껏 상기되어 있었다.

강동원은 언제나처럼 뒤쪽 창가 자리에 자리를 잡고 앉았다. 그러자 버스 창가로 소녀 팬들이 다가와 손을 흔들며 플래카드를 높이 들었다.

동원 오빠 사랑해요!
동원 오빠 최고!
나랑 결혼해 줘요!

재기발랄한 소녀들의 고백에 강동원이 헤벌쭉 웃음을 흘렸다. 그러다 박상현이 다가오자 언제 그랬냐는 것처럼 표정을 감췄다.

"누가 보면 영화배우 강동원이라도 본 줄 알겠네……."

자리에 앉으며 박상현이 퉁명스럽게 말했다. 대한민국 역대 최고의 투수 중 한 명인 고 최동원 선수의 이름을 본따 지었지만 야구를 잘 모르는 이들은 가장 먼저 영화배우 강동원을 떠올렸다.

"짜식, 부럽냐?"

"그래, 부럽다."

"부러우면 지는 거라고 했어."

"쳇, 잘난 척은."

"억울하면 너도 투수하든가."

"됐고 쟤들한테 손이라도 흔들어줘라. 스타 됐다고 목에 힘주지 말고."

"스타는 무슨……."

강동원이 멋쩍은 듯 말을 얼버무렸다. 그러면서도 박상현의 말처럼 자신을 보러와 준 팬들에게 보답해 줘야겠다고 생각했다.

강동원이 이내 창가로 고개를 돌려 가볍게 손을 흔들어주었다. 그러자 소녀 팬들이 일제히 환호성을 질렀다.

"와아아아아! 오빠!"

"사랑해요, 오빠!"

그야말로 여느 아이돌 부럽지 않은 인기였다.

강동원의 입가에 또다시 웃음이 번졌다. 과거로 돌아온 지 제법 시간이 지나긴 했지만 하루아침에 인생이 확 바뀌어버린 것 같은 기분이 들었다.

'원 없이 야구해 보는 게 소원이긴 했지만 이런 보상도 나쁘진 않잖아?'

소녀 팬들의 비명 소리를 즐기듯 강동원은 버스가 떠날 때까지 창가에서 시선을 떼지 못했다.

"하나 둘 셋 넷 다섯 여섯······ 다 왔지?"

"네!"

"짐 놓고 온 거 없고?"

"네!"

"다시 한번 물어본다. 지금 아니면 영영 못 찾아. 그러니까 뭐 빠진 거 있나 살펴봐, 정말 없는 거지?"

"네!"

"그럼 출발한다!"

마지막으로 김운식 감독과 코치들이 올라타고서야 청소년 대표 팀을 태운 버스가 도쿄의 공항으로 출발했다.

2

"후우······. 이제 좀 쉬자."

비행기에 오르기가 무섭게 강동원은 자리에 주저앉았다. 팬서비스랍시고 환하게 웃어주는 게 말처럼 쉽지가 않았다.

그때 누군가가 비어 있는 옆자리로 다가왔다.

"상현이냐?"

강동원이 습관적으로 박상현을 찾았다. 하지만 그곳에 서 있는 건 다름 아닌 강동열이었다.

"또 너냐?"

"또 형이네."

"뭐야, 비행기 표 누가 나눠 준 거야?"

"박준태 코치님."

"하아, 일부러 이러시는 거 아냐?"

강동원이 선수들을 인솔하고 있는 박준태 코치를 노려봤다. 수많은 선수를 놔두고 일본으로 올 때에 이어 한국으로 돌아갈 때까지 강동열과 함께 가야 한다는 건 우연으로 보기 어려웠다.

짝꿍이 같아서 아쉬운 건 강동열도 마찬가지였다.

"그런데 형이 또 창가에 앉을 거야?"

"당연하지. 비행기는 처음인데."

"뭐가 처음이야. 올 때 창가에 앉았잖아."

"그건 올 때 이야기고. 한국으로 갈 때는 처음이잖아."

"쳇, 동생을 위해 양보할 생각은 없는 거야?"

"어차피 약 먹고 곯아떨어질 거잖아. 너한테 창가 쪽 자리는 사치야."

강동원의 냉정한 말에 강동열이 입술을 삐죽거렸다. 그러고는 마지못해 강동원의 옆자리에 주저앉았다.

하지만 지난번처럼 곧바로 약을 준비하진 않았다.

"약은?"

"있어."

"안 먹어?"

"먹을 거야."

"빨리 먹고 푹 자라."

"안 잘 거야!"

"왜에?"

강동원이 눈을 가늘게 뜨며 물었다. 그러자 강동열이 어처구니없다는 표정을 지었다.

"정말 몰라서 묻는 거야?"

가족 여행을 포함해 지금껏 여러 번 비행기를 탔지만 기내식을 빼앗긴 건 지난번이 처음이었다.

설사 강동열이 잠에 빠지더라도 가족들은 빼먹지 않고 기내식을 챙겨주었다. 오히려 부족할까 봐 자신들의 몫을 양보하기까지 했다.

그런데 세계 청소년 야구 선수권 대회에 참가하기 위해 일본에 가는 길에 기내식을 빼앗겼으니 강동열이 느낀 상실감은 이루 설명할 수 없을 정도였다.

"너 설마 기내식 때문에 그래?"

"알면서 왜 물어봐?"

"와, 너 진짜 기내식 때문에 그랬던 거야?"

강동원이 풋 하고 웃음을 터뜨렸다. 설마하니 강동열이 아직까지 기내식을 마음에 두고 있을 줄은 예상하지 못한 것이다.

만약 결승전 결과가 좋지 않았다면 강동원은 강동열을 철없게 봤을 것이다.

하지만 우승을 차지해서일까.

강동원은 강동열이 왠지 모르게 귀엽게 느껴졌다.

"야, 그거라면 걱정 마. 진짜 네 거 챙겨줄게."

"그 말을 어떻게 믿어?"

"못 믿겠으면 내가 깨워줄게. 그럼 됐지?"

"괜찮아. 이번에는 안 자고 버틸 거야."

강동열은 고집을 꺾지 않았다. 세계 청소년 야구 선수권 대회를 함께하면서 조금 살가워졌다고는 하지만 그렇다고 해서 강동원의 식탐까지 줄어들 것이라고는 기대하지 않았다.

'내가 속을 줄 알고? 어림없어! 이번에는 꼭 기내식 먹고 말 테야.'

강동열이 질근 입술을 깨물었다. 하지만 이번만큼은 강동원도 강동열의 기내식을 빼앗아 먹을 생각이 없었다.

"동열아, 진짜 깨워준다니까. 형 못 믿냐?"

"진짜?"

"그래 진짜로 깨워줄게."

"안 깨워주면 알지?"

"그래, 인마! 그러니까 어서 자!"

"알았어."

강동열은 이번 한 번만 더 믿어보겠다며 가방에서 신경 안정제를 꺼내 먹었다.

"불면증도 이젠 지긋지긋해⋯⋯."

약기운이 퍼지자 강동열이 나직이 중얼거렸다. 그러고는 얼마 지나지 않아 곧바로 잠에 빠져들었다.

"짜식, 빨리도 자네."

그런 강동열의 모습을 보며 강동원은 쓴웃음을 지었다. 그리고 창틀에 달린 블라인드를 손수 내려주었다.

❈

얼마가 지났을까.

<u>드르륵.</u>

아리따운 스튜어디스가 카트를 끌며 나타났다.

"흐흐흐, 기내식이다."

반사적으로 고개를 돌렸던 강동원이 눈을 반짝거렸다. 이번에는 어떤 음식이 나올까 기대하며 손바닥을 비벼댔다. 그사이 카트를 끌던 스튜어디스가 강동원의 옆으로 다가왔다. 그녀는 강동열을 보며 가볍게 미소 지었다.

"일행분이신가요?"

"아, 네."

"주무시는데 어떻게 할까요?"

"여기에 놔주세요. 제가 나중에 꼭 챙겨 줄게요."

강동원은 혹시라도 스튜어디스가 기내식을 하나만 줄까 봐 꼭이라는 말을 강조했다. 그러자 스튜어디스가 웃으며 말했다.

"네, 알겠습니다."

이번 기내식은 핫도그였다. 그것도 두툼한 수제 소세지와 소스를 곁들인 미국 영화에나 나올 법한 대형 핫도그였다.

"이거 한입에 다 들어가지도 않겠는걸?"

강동원이 입을 쩍쩍 벌리며 준비운동을 시작했다. 그러고는 손에 든 핫도그를 입안으로 천천히 밀어 넣었다.

순간 달콤한 소스와 쫀득한 육즙이 혓바닥에 착 하고 감겼다. 벅찬 감동에 빠져 있다가 정신을 차렸을 때는 이미 핫도그가 반이나 사라진 뒤였다.

"조, 조금 있다가 먹자."

강동원은 반쯤 남은 핫도그를 다시 케이스 안에 넣었다. 조금 있다가 강동열을 깨운 뒤 함께 먹을 생각이었다.

하지만 그 인내심은 고작 3분도 가지 않았다.

"젠장. 일단 먹자!"

강동원은 곧바로 반쪽자리 핫도그를 집어삼켰다. 그리고 강동원 몫으로 받아 둔 핫도그를 두 손으로 꼭 움켜쥐었다.

'이걸 그냥 먹어버려?'

강동원은 고민에 빠졌다. 강동열과 약속을 했으니 지켜야겠지만 입안에 감도는 핫도그의 맛을 뿌리치기란 쉽지 않았다.

그런 강동원의 모습이 안쓰러워 보였을까.

카트를 끌고 돌아오던 스튜어디스가 피식 웃더니 강동원의 옆쪽으로 다가왔다.

"저기…… 하나 더 드릴까요, 기내식?"

스튜어디스가 나직한 목소리로 물었다. 그러자 강동원이 곧바로 고개를 끄덕거렸다.

"여기 있어요."

스튜어디스가 카트에서 핫도그를 하나 건넸다. 카트 위에는 생각보다 많은 핫도그가 쓸쓸하게 방치되어 있었다.

"하나 말고, 두 개 주시면 안 될까요?"

강동원이 핫도그를 받아 들며 말했다. 그 뻔뻔함에 스튜어디스는 풋 하고 웃음을 터뜨렸다.

"그럼 하나 더 줄게요. 대신 이건 비밀이에요. 알았죠?"

"네, 무덤까지 가지고 갈게요."

강동원은 세 개의 핫도그를 쌓아놓고 다시 행복한 고민에 빠졌다.

"하나만 남길까? 아니야, 지난번에 기내식 뺏어 먹은 게 있으니까 두 개 주자."

강동원은 큰 맘 먹고 핫도그 두 개를 한쪽으로 빼 놓았다. 그리고 새로 얻은 핫도그를 곧장 입안으로 쑤셔 넣었다.

"음, 역시 맛있어. 이 맛에 비행기 타는 거구나."

순식간에 핫도그를 해치운 뒤 강동원은 입맛을 다시며 손가락에 묻은 소스까지 쪽쪽 빨아먹었다. 그러다 강동열의 몫으로 남겨놓은 핫도그 쪽으로 눈이 돌아갔다.

"쩝, 아직 배가 안 찼는데……."

강동원은 팔짱을 낀 채 자고 있는 강동열을 바라보았다. 그러고는 이내 고개를 가로 저었다.

"아니야. 두 개 주는 게 맞아."

강동원은 욕심을 꾹 참고 강동열을 흔들어 깨웠다.

"야! 강동열! 일어나."

강동원이 몇 번 세차게 흔들어 깨우자 강동열이 눈을 비비며 일어났다.

강동원이 의기양양하게 테이블을 툭툭 가리켰다. 잠시 비몽사몽했던 강동열이 핫도그 두 개를 발견하고는 의아한 표정을 지었다.

"이게 뭐야?"

"뭐긴 뭐야. 기내식이지."

"그런데 왜 두 개야?"

"지난번에 내가 먹었다고 난리 쳤잖아, 너."

강동원이 멋쩍게 웃으며 말했다.

"그니까, 이번엔 네가 먹어."

강동열은 두 개의 핫도그와 강동원을 한참 동안 번갈아 보았다. 그러고는 제 볼을 가볍게 꼬집었다.

"야, 꿈 아니거든?"

"혹시나 해서."

"짜식이, 챙겨줘도 난리야."

강동원이 불만스럽게 입술을 삐죽거렸다. 그러자 강동열이 피식 웃더니 핫도그 하나를 다시 강동원에게 건네주었다.

"뭐냐?"

"형 먹어."

"됐어, 너 먹어."

"난 하나면 족해."

다른 때 같았으면 두 개로도 부족했겠지만 강동열은 또 다른 핫도그에 욕심을 부리지 않았다. 제 몫의 핫도그를 맛있게 먹어 치운 뒤 다시 팔짱을 끼고 눈을 감았다.

그 모습을 빤히 지켜보던 강동원이 조심스럽게 핫도그 쪽으로 손을 뻗었다.

"이거 진짜 내가 먹는다?"

강동원이 조심스럽게 물었다. 그러자 강동열이 묵묵히 고개를 끄덕였다.

"난 분명히 준 거다?"

강동원은 마다하지 않고 곧바로 케이스 뚜껑을 열었다. 그러고는 한입 크게 핫도그를 베어 물었다.

"동열아, 핫도그 맛있지? 그치?"

강동원이 다 씹지도 못한 채로 우물거리며 말했다.

"뭐, 서울에 자주 가던 수제 핫도그 전문점하고 비슷한데."

"쳇, 잘났다."

"그러니까 형도 촌스럽게 좀 굴지 마."

"내가 뭐 인마, 맛있는 걸 맛있다고 하는 것도 죄냐?"

"그걸 촌스럽다고 하는 거라니까."

강동원과 강동열의 티격태격거리는 모습을 지켜보던 송일섭이 한마디 했다.

"야, 조용히 좀 해! 시끄럽잖아."

"아, 그래. 미안하다."

강동원이 핫도그를 입 안에 우겨넣으며 말했다. 그러자 송일섭이 질렸다는 듯 표정을 지었다.

"아무튼 저 자식도 대단해. 그 큰 핫도그를 세 개나 먹어 치우니."

그러거나 말거나 강동원은 든든해진 배를 툭툭 두드리며
포만감에 젖어들었다.

4

2시간 30분의 비행을 마친 뒤 대표 팀을 태운 비행기가 인
천에 도착을 했다.

"자, 자. 다 왔지?"

"네!"

"강동열! 어딨냐?"

"여기요."

"그래, 동열이 왔으면 다 왔다. 이제 가자."

청소년 대표 팀은 간단히 수속 절차를 마치고 게이트를 통
해 밖으로 나갔다.

"저기 나온다!"

"여기! 여기요!"

게이트 바깥쪽에 진을 치고 있던 스포츠 기자들이 청소년
대표 팀에게 달려왔다. 그리고는 카메라 셔터를 눌러대기 시
작했다.

찰칵! 찰칵!

강동원은 미간을 찌푸리며 주변을 살폈다. 일본에서 배웅

해 주었던 교포들과는 비교할 수 없을 만큼 많은 사람이 청소년 대표 팀을 환영하기 위해 나와 있었다.

특히나 '세계 청소년 선수권 대회 우승'이라는 커다란 현수막을 흔드는 팬들은 야구장에라도 온 것처럼 환호성을 내질렀다.

"대한민국! 짝짝짝, 짝짝!"

"대한민국! 짝짝짝, 짝짝!"

강동원은 어리둥절했다. 이런 환영식은 생전 처음이었다.

곧이어 예쁘장하게 생긴 아가씨들이 다가왔다. 그러고는 손에 든 꽃다발을 감독과 코치, 선수들에게 일일이 목에 둘러주었다.

"우승 축하드려요!"

강동원도 엉겁결에 목을 내밀어 그 꽃다발을 걸었다. 그렇게 꽃다발 증정이 끝나자 사진 촬영이 이어졌다.

"이거 뭐 하는 거야?"

"올림픽 때나 하는 거 아니었어?"

"몰라. 이번에 우승했다고 협회가 신경 좀 쓴 거 같은데?"

"야, 시끄러워. 웃어. 사진 찍는다."

선수들은 어리둥절해하면서도 시키는 대로 사진 촬영에 임했다. 그리고 청소년 대표 팀은 다시 따로 마련된 기자회견장으로 자리를 옮겼다.

김운식 감독과 코치들 그리고 주요 선수들은 앞자리를 차지했다. 그중에 강동원은 김운식 감독 바로 옆자리에 앉게 됐다.

　　"너무 긴장하지 말고, 어려운 질문은 대답하지 않아도 돼. 내가 대신해 줄 테니까."

　　김운식 감독이 인자하게 웃으며 말했다. 하지만 기자들은 가장 먼저 김운식 감독에게 질문을 쏟아냈다.

　　"김운식 감독님, 세계 청소년 선수권 대회에서 대한민국이 8년 만에 우승을 차지했는데요. 이에 대한 소감 한 말씀 부탁드립니다."

　　"먼저, 바쁘신 와중에도 저희 대표 팀을 응원해 주신 국민 여러분께 진심으로 감사의 말씀을 올립니다. 국민 여러분의 성원 덕분에 저희 대표 팀은 한마음 한뜻으로 똘똘 뭉쳐 어려운 난관을 극복하고 이겨낸 것 같습니다."

　　"특별히 기억나는 경기가 있다면요?"

　　"아무래도 일본과의 결승전이 가장 기억에 남을 것 같습니다."

　　"슈퍼라운드 때 일본에 패배한 이후 결승전에서 다시 맞붙게 됐는데요."

　　"두 번 지지 않겠다는 각오로 임했던 것 같습니다."

　　김운식 감독은 십여 분간 쏟아진 질문에 담담히 대답을 마첬다. 그러자 기자들이 강동원에게 질문을 날렸다.

"그럼 강동원 선수에게 질문을 하겠습니다. 지금 강동원 선수는 화제의 중심입니다. 지금 심정이 어떻습니까?"

"화제의 중심이라는 것은 저도 잘 모르겠습니다. 다만 어리둥절할 뿐입니다."

"대회 MVP를 받으셨는데 예상은 하셨습니까?"

"솔직히 저는 MVP와는 거리가 멀다고 생각했습니다. 그런데 이렇게 진짜 받게 되어 무척이나 기쁩니다."

"하하하, 겸손이 대단하신데요. 따지고 보면 강동원 선수의 기록은 MVP로 손색이 없습니다."

"감사합니다."

"대표 팀의 에이스라는 중책을 맡고 부담을 컸을 텐데 어떻게 극복하셨습니까?"

"전 한 번도 에이스라고 생각한 적이 없습니다. 언론에서도 팀 동료들이 에이스라고 부르는데 듣다 보면 정말 부끄러웠습니다. 솔직히 약간 부담이 되기도 했습니다. 하지만 감독님과 코치님들 그리고 동료 선수들이 열심히만 하면 된다고 격려해 주셔서 최선을 다할 수 있었던 것 같습니다."

"이제 졸업반인데 진로는 정했습니까?"

"아직 안 정했습니다."

"항간의 소문에 의하면 메이저리그 진출도 할 수 있다고 하는데 어떻게 생각하십니까?"

"메이저리그요? 글쎄요. 아직 진지하게 생각해 보진 않았습니다."

"지금 당장 하고 싶은 일은?"

"어머니께서 끓여주시는 김치찌개가 빨리 먹고 싶습니다."

강동원의 그 말에 기자들이 일제히 웃음을 터뜨렸다.

"하하하. 그렇군요. 그럼 마지막으로 앞으로 각오를 밝힌다면?"

"그냥 야구를 열심히 하고 싶습니다. 그것밖에 없습니다."

"알겠습니다. 감사합니다."

그렇게 취재진의 질문 세례는 끝이 났다. 각자 사진을 찍고 몇 가지 더 행사를 치르고서야 끝이 났다.

선수들은 다시 지친 몸을 이끌고 버스에 올라탔다. 버스는 다시 한 시간을 달린 끝에 협회 건물 앞에 도착을 했다.

그곳에는 이미 협회 회장부터 시작해 여러 임직원이 나와서 기다리고 있었다.

"하하하. 고생들 많았습니다."

협회장이 김운식 감독과 악수를 하며 환영을 해주었다. 그리고 일일이 선수들과 악수를 나누었다. 이후 청소년 대표팀은 대회의장으로 가서 간단히 해산식을 진행했다.

"야, 고생했다."

"그래 수고들 했다."

"이제 각 팀에서 만나게 되겠네. 그때는 절대 안 봐준다."

"인마, 그건 내가 할 소리고."

"그런 소리 말고 우리 사진 찍자!"

"그래!"

선수들은 웃고 떠들며 사진을 찍고 작별 인사를 나누었다. 특히 강동원은 더 정신이 없었다. 선수들은 물론이고 여기저기서 사진을 찍자고 덤벼들었다. 협회 여직원 사이에서도 인기 좋았다.

강동열도 귀여운 얼굴 때문인지 별반 다르지 않았다. 그러면서 다른 선수들의 시기와 질투를 한 몸에 받게 되었다.

어쨌든 그렇게 한바탕 전쟁을 치르고 나서야 선수들은 각자 짐을 싸서 하나둘씩 협회를 빠져나갔다.

강동원도 짐을 챙기는데 그 옆으로 대회 기간 배터리를 나눴던 박상현이 다가왔다.

"동원아."

"지금 가냐?"

강동원과 박상현은 누가 먼저랄 것도 없이 미소를 지으며 서로를 끌어안았다.

"네 공을 받게 되어서 무척이나 기뻤다."

"내가 하고 싶었던 말이야. 너 없었음 나 MVP 못 탔을 거다."

"짜식, 말이라도 고맙다. 나중에 기회가 된다면 프로에서 너의 공을 받아보고 싶다."

"그래, 꼭 프로에서 만나자."

"참, 너 전화번호 좀 주라."

"내 전화번호?"

"그래, 그래도 대표 팀 배터리였는데 가끔씩 연락은 주고 받아야지."

"알았어."

강동원이 자신의 스마트 폰을 꺼내 내밀었다.

"자, 입력해."

박상현이 냉큼 받아서 번호를 입력했다. 그리고 통화 버튼을 누르자 잠시 후 자신의 스마트 폰이 울리며 번호가 찍혔다.

"자, 꼭 연락하자."

"그래, 건강하고."

"너도."

두 사람은 그렇게 대화를 하고 헤어졌다.

강동원도 가방을 메고 대회의장을 나섰다. 밖으로 나가자 강동열이 기다리고 있었다.

"어라? 너 아직 안 갔냐?"

"왜 이렇게 늦게 나와."

"나 기다린 거냐?"

"기다리긴 내가 뭘……."

강동열은 눈을 마주치 못하고 어물거렸다.

"뭔데? 할 말이라도 있어?"

"그게…… 엄마가 형 데리고 오래."

"작은 어머니가?"

"으응, 집에 와서 밥 먹고 가라고."

"밥?"

강동열에 말을 듣고 강동원은 살짝 고민이 되었다. 작은 어머니가 차려놓았을 진수성찬을 생각하니 절로 입안에 침이 고였다.

하지만 그 자리에 작은 아버지도 있을 거라고 생각하니 껄 끄러움이 함께 밀려왔다.

"작은 어머니께 다음에 먹자고 말씀드려. 지금은 빨리 부산 내려가서 엄마 보고 싶거든."

"그래? 아쉽네……."

강동열의 끝말은 거의 기어들어가는 듯 잘 들리지 않았다.

"응? 뭐라고?"

"아, 아니야. 알았어. 조심히 내려가."

"그래, 너도 잘 들어가고, 작은 어머니께 말씀만이라도 고맙다고 전해드려."

"알았어."

"그래, 그럼 잘 가!"

강동원이 먼저 손을 흔들며 인사를 했다. 강동열도 그런 강동원을 보며 쑥스러운 듯 손을 흔들었다.

강동원은 강동열보다 한발 먼저 협회 건물을 빠져나갔다. 협회 입구 쪽에는 반가운 얼굴이 서 있었다.

"어이, 동원아이."

"아저씨!"

후원회장을 발견한 강동원의 얼굴이 환해졌다.

"여기는 어쩐 일이세요?"

"아, 서울에 볼일 있어서 왔다가 니가 여기 온다 캐서 내 안 왔나. 니가 던지는 거 내 다 봤다 아이가. 윽수로 잘하더라이. 역시 내가 널 잘 찍었다 아이가."

후원회장이 환하게 웃었다. 평소에도 칭찬이 과한 편이었지만 세계 청소년 야구 선수권 대회에서의 활약상에 강동원 이상으로 흥분한 모양이었다.

"니 이 길로 곧장 부산 내리갈끼가?"

"네, 바로 가야죠. 아저씨는요?"

"내는 일이 좀 남았다. 마이 아쉽네. 같이 가믄 좋겠는데."

"어쩔 수 없죠."

"그라믄 조심히 가고……."

후원회장은 주머니에서 흰 봉투를 꺼내 강동원에게 주었다.

"내려갈 때 뭐라도 좀 사묵으라."

"아저씨, 저 돈 있어요. 이러지 않아도……."

"꽉 마! 됐다. 아저씨가 주는 기는 그냥 받아도 된다."

후원회장은 억지로 강동원의 주머니에 흰 봉투를 쑤셔 넣었다. 강동원은 어쩔 수 없이 그것을 받았다.

"감사합니다, 아저씨."

"감사는 무신! 우짜둥둥 고생했고, 조심히 내려가라이."

"네, 아저씨!"

"오야, 그람 간다이."

후원회장은 손을 흔들어주며 서둘러 사라졌다. 강동원은 후원회장이 사라질 때까지 뒷모습을 바라보았다. 그리고 주머니에서 흰 봉투를 꺼내 확인했다.

그곳에는 5만 원권 네 장이 들어 있었다.

"참, 아저씨. 사 먹기에는 돈이 많아요."

강동원은 혼잣말을 중얼거리고는 다시 고개를 들어 후원회장이 사라진 방향을 바라보았다. 그리고 서둘러 택시를 타고 버스 터미널로 향했다.

부산행 버스표를 끊고 곧바로 버스에 올라탔다. 잠시 후

버스가 출발했고, 강동원은 잠이 들었다.

그렇게 얼마가 지났을까.

끼이이이익.

차가 털컹 하는 움직임과 함께 강동원이 눈을 떴다.

"여기는……?"

퉁퉁 부은 눈으로 창가를 보니 어느 새 부산에 도착해 있었다. 주변에 사람들이 짐을 챙겨 하나둘 내리고 있었다.

"끄으으으. 잘 잤다."

강동원도 서둘러 가방을 챙겨 들었다. 가장 마지막에 버스에서 내렸다.

"수고하셨습니다."

버스 기사님께 인사도 잊지 않았다.

버스에서 내린 강동원이 집으로 가기 위해 택시 정류장으로 발길을 돌렸다. 그때 자신을 부르는 소리가 들렸다.

"마, 강동원이!"

반사적으로 고개를 돌렸던 강동원의 얼굴에 다시 환한 웃음이 번졌다. 그곳에는 한문혁과 어머니가 밝은 얼굴로 손을 흔들고 있었다.

17장
진로

1

"아들!"

어머니는 덥석 강동원의 손부터 잡았다. 타지에서 고생했을 아들의 신수가 눈에 훤히 보였다. 그녀의 눈가가 어느덧 촉촉이 젖어 있었다.

"고생했다. 우리 아들 장하구나."

어머니는 강동원을 끌어안은 채 한참을 놓아주지 않으셨다. 덕분에 강동원도 자신도 모르게 눈물이 나올 것 같았다.

"그런데 가게는 어떻게 하고 오셨어요?"

강동원이 냉큼 말을 돌렸다.

"으응, 가게는 일찍 닫고 나왔지."

어머니가 말을 더듬었다. 아마도 강동원이 아침 일찍 귀국한다는 소식을 듣고 가게는 뒷전에 두고 부랴부랴 마중을 나온 모양이었다.

"오늘은 장사 안 해도 돼요?"

"고생한 우리 아들이 온다는데 장사가 중요하니?"

"에이 그래도 그렇죠. 제가 어디 대회 한두 번 다녀왔나요? 갔다 올 때마다 장사 안 할 수는 없잖아요."

강동원은 가게를 제쳐 두고 마중 나와주신 어머니가 한편으로 고마웠다. 하지만 어머니가 한참 동안 자신을 기다렸을 걸 생각하니 미안한 마음이 더 컸다.

"매번 이렇게 가게 문 닫으면 그나마 있던 손님도 다 빠질 거라구요."

"괜찮아 아들. 장사는 잘되고 있으니까 걱정하지 마."

"그렇다면 다행이고요."

"근데 아들, 어디 다친 곳은 없어?"

어머니는 강동원의 몸 이곳저곳을 살피며 물었다.

"괜찮아요. 아무렇지 않아요."

"그래? 다행이다."

어머니는 그런 아들의 말에도 다시 한번 살폈다. 자신의 두 눈으로 직접 확인을 하고 서야 안심이 되는 모양이었다.

"그보다 배고프지? 어서 가자."

"네."

그렇게 강동원이 막 걸어가려고 할 때 한문혁이 눈을 부라리며 쳐다보고 있었다.

"와, 니 치사하다. 야, 인마. 니는 내가 보이지도 않냐?"

"어? 너도 왔냐?"

"뭐? 뭐라꼬? 니 지금 뭐라캤노?"

한문혁이 으르렁거리며 달려들었다. 그러자 강동원이 어머니를 데리고 서둘러 걸어갔다.

"엄마, 어서 가요. 무서운 놈이 쫓아와요."

"으응? 왜? 왜 그러니?"

"어서 가요."

강동원이 짓궂게 웃으며 어머니와 함께 걸음을 재촉했다. 그 뒤로 한문혁이 정말 무서운 표정을 지으며 쫓아왔다.

2

택시가 한 대 도착했다.

강동원과 어머니가 택시에서 내렸다. 그리고 앞자리에서 한문혁이 따라 내렸다.

"왜 여기까지 따라오는데?"

"어무이가 밥 묵고 가라고 한 거 못 들었냐?"

"그래서 정말 먹고 가겠다고?"

"하모. 어무이가 말씀하신 긴데."

"에라이."

"됐다. 고마해라."

"니나 고마해라."

강동원과 한문혁이 티격태격거리는 모습에 어머니는 빙
그레 웃기만 했다. 자식이 하나라서 늘 아쉬운 마음이 컸는
데 이렇게 보니 강동원과 한문혁이 꼭 친형제처럼 느껴진
것이다.

"동원아, 그만해."

"제가 뭘요."

"문혁아, 춥다. 어서 들어가자."

"네, 알겠심더."

어머니의 한마디에 한문혁이 순한 양처럼 대답했다. 그러
고는 강동원의 옆으로 가서는 그를 힐끔 째려보았다.

"어무이, 아시지예. 전 누구와 달리 어무이 음식을 윽수로
좋아하지 않습니까. 그라고요. 그냥 가라고 했으면 엄청 섭
섭할 뻔했다 아입니까."

한문혁이 강동원 대신 어머니를 데리고 집 안으로 들어
갔다. 그 모습을 보며 강동원은 살짝 어처구니없다는 듯 웃

었다.

"하? 저 자식 봐라? 누가 보면 지가 아들인 줄 알겠네……."

강동원도 곧바로 집 안으로 들어갔다.

"잠시만 기다리고 있어. 금방 밥 차려줄 테니까."

어머니는 옷을 대충 갈아입은 뒤 부엌으로 들어갔다. 강동원이 조금 천천히 준비해도 좋다고 말씀드리려 했지만

"네, 어무이. 맛있는 밥 기다리고 있겠십니더."

한문혁이 먼저 선수를 쳐 버렸다.

"으이그, 이 화상아."

한문혁에게 눈치를 준 뒤 강동원도 자신의 방으로 들어가 자리에 앉았다. 그러자 한문혁도 강동원을 따라 들어와 바닥에 주저앉았다.

"나 옷 갈아입을 건데 왜 들어와?"

"왜 들어오기는? 그럼 내 혼자 거실에 있으라꼬?"

"너 앞에서 갈아입으라고?"

"임마가 새삼스럽게 와 그라는데? 니 원래 자랑할 것도 없는 거 흔들고 다녔다 아이가."

"짜식이. 야, 인마. 이게 어디가 어때서."

"마, 치아라. 눈 배린다."

"쳇, 좀 크다고 유세는. 그건 그렇고 대통령배는 어찌 됐어?"

강동원이 웃옷을 벗으며 물었다. 그러자 실실 웃던 한문혁

의 표정이 살짝 굳어졌다.

"대통령배? 그까이꺼, 뭐 대수라고……."

"야! 얼버무리지 말고 제대로 좀 말해봐!"

"와, 올 때 기사 안 봤나?"

"나 데이터 없어서 이겼는지 어쨌는지 검색도 못 했다고."

강동원의 다그침에 한문혁은 깊은 한숨을 내쉬었다.

"후우-! 있제, 2라운드에서 떨어찌뿟다."

한문혁은 애써 웃어 보였다. 하지만 강동원은 차마 따라
웃을 수가 없었다.

따지고 보면 당연한 결과였다. 에이스 강동원이 없는 해명
고등학교의 전력은 봉황기 우승 고교와는 거리가 있었다.

항간에는 해명 고등학교가 1라운드 승리도 쉽지 않을 거
라는 이야기가 많았다. 그런데 정말로 2라운드에서 떨어졌
다고 하니 미안함을 참을 길이 없었다.

"후우……."

강동원이 길게 한숨을 내쉬었다.

그러자 한문혁이 슬그머니 입을 열었다.

"니, 방금 같이 못 뛰어서 미안하다고 생각했제?"

"으응? 응……."

강동원은 정곡을 찔린 듯 당황한 표정을 지었다.

"치아라, 마. 니가 뭔데 미안한 생각을 하노."

"그래도 미안해, 대표 팀 차출만 아니었어도……."

"고마해라이. 니 진짜 그러면 나 화낸다."

"그, 그래……."

한문혁이 눈을 부라리며 말하자 강동원도 어색한 웃음을 지으며 고개를 끄덕였다.

"……."

강동원은 한문혁의 눈치만 살피며 아무 말도 하지 못했다. 지금 와서 위로해 봤자 이미 다 지난일이라 생각했다.

한동안 무거운 분위기 속에 침묵이 이어졌다. 그렇게 오 분쯤 지났을까.

"하하하, 푸하하하하!"

한문혁이 갑자기 산통을 깨듯 크게 웃기 시작했다.

"이 빙시. 내가 니 땜시 미치겠다."

강동원은 뜬금없는 한문혁의 행동에 어리둥절한 표정을 지었다.

"야…… 너 왜 그래 갑자기? 미쳤어?"

"그게 아이고 이 문디 자슥아, 내 방금 말한 거 뻥이다 인마."

"……뭐'?"

"뻥이라고, 빙시야."

"……뻥?"

순간 강동원이 벙찐 표정을 지었다. 2라운드에서 떨어졌다는 게 뻥이라니. 무슨 말인지 감이 오질 않았다.

그러자 한문혁이 기다렸다는 듯 목소리를 높였다.

"그래, 이 빙시야! 우리 4라운드에서 떨어졌다."

"뭐라고? 진짜? 정말 4라운드라고?"

강동원의 두 눈이 크게 떠졌다.

"그래! 대진 운이 좋아서 4라운드까지 올라갔다 아이가."

한문혁이 자신 있게 말했다. 강동원은 그 말을 듣고 가만히 생각에 잠겼다.

'가, 가만있어 보자. 대통령배 4라운드면 8강⋯⋯.'

"그럼 우리 해명고가 8강까지 올라갔단 말이야?"

강동원은 놀라지 않을 수 없었다. 아무리 대진운이 따랐다고 해도 에이스가 없는 팀이 전국 대회 8강에 오르기란 결코 쉽지 않았을 것이다.

그런데도 나쁘지 않은 성적을 이뤄냈다. 에이스인 자신이 없었어도 다들 열심히 해줬다는 것이었다.

'내가 있었으면 더 높이 올라갈 수 있었을 텐데⋯⋯.'

강동원은 아쉬움 가득한 표정을 지었다.

"마, 그런 표정 짓지 마라."

한문혁이 강동원의 표정을 읽었는지 손을 휘휘 저으며 말했다.

"아들 중에 누구도 니 원망 안 한다이. 오히려 니 잘 던지는 거 보고 대표 팀 되길 잘했다 카드라. 솔직히 니 없었으면 우승 어림도 없었다 아이가."

"그래도……."

"거참 마. 쓸데없는 소리 마라. 다들 4라운드까지 올라간 거 만족하고 있다."

"미안하다."

"새끼, 자꾸 미안하다고 카네. 마, 됐다."

한문혁이 괜찮다는 듯 강동원의 어깨를 두들겼다.

"그건 글코, 니 어데 갈 끼고?"

한문혁의 뜬금없는 질문에 강동원이 눈을 크게 떴다.

"뭘 어디가? 내가 갈 때가 어디 있어?"

"마, 그거 말고. 니 자이언츠 갈 끼가? 아니면 다이노스?"

"그건 또 무슨 소리야?"

한문혁이 계속해서 이상한 소리를 하자 강동원은 슬슬 짜증이 났다.

"새끼, 니 진짜 모리나?"

"뭘 몰라, 좀 확실하게 말해봐."

"니, 자이언츠하고 다이노스에서 2라운드 때 서로 1라운드 지명 한다고 난리도 아이다."

"뭐어?"

갑작스런 지명 이야기에 강동원의 눈이 커졌다.

대통령배가 끝나면 곧바로 신인 드래프트가 시작된다. 1차 우선 지명에 뽑히지 못한 드래프트 참가자들을 한자리에 모아놓고 전체 지명이 이루어지는 것이다.

그중에서도 1라운드 선발은 1차 지명 못지않게 의미가 컸다. 연고 지역에서 단 1명만 뽑을 수 있는 1차 지명에 들지 못했다고 해서 1라운드에 뽑히는 선수들의 실력이 결코 떨어지는 건 아니었다.

실제 계약금에 있어서도 1차 지명과 1라운드 선발은 큰 차이가 없었다. 그렇다 보니 벌써부터 각 구단의 1라운드 지명을 놓고 말들이 나도는 상황이었다.

"자이언츠는 그렇다 치고 다이노스가 여기서 왜 나오는데?"

"왜 나오긴. 투수가 없으니까 나오지."

"그런데 다이노스가 몇 번이야?"

"작년에 3등 했으니까 8번이네."

지명 순서는 2014년 성적 역순에 따라 갈지자로 이루어졌다. 올해 프로야구로 올라온 위즈를 시작으로 이글스-타이거즈-자이언츠-베어스-와이번스-트윈스-다이노스-히어로즈-라이온즈 순이었다.

이 중 강동원을 욕심낼 만한 구단은 크게 셋이었다.

투수가 절대적으로 부족한 위즈.

해명 고등학교 연고 구단인 자이언츠.

자이언츠의 지역 라이벌 구단인 다이노스.

물론 다른 구단에서 강동원을 1라운드로 지명할 수도 있지만 그럴 가능성은 그다지 높아 보이지 않았다.

실제 언론도 강동원의 행선지로 자이언츠와 다이노스를 가장 많이 언급하는 상황이었다.

"위즈는 별말 없지?"

"와? 니 위즈 가게?"

"아니, 그냥 물어보는 거야."

"위즈는 몇 번 말이 나오긴 했는데…… 솔직히 거기 돈 별로 없자나. 니 부담스러워서 댈꼬 갈라 카겠나."

한문혁은 위즈가 강동원을 1라운드에서 호명할 가능성을 낮게 봤다. 이미 짠돌이 구단이라고 소문이 파다한데 세계 청소년 야구 선수권 대회 MVP 출신인 강동원의 몸값을 감당하지는 못할 것 같았다.

"니 자이언츠 안 가면 안 될 낀데."

"왜?"

"자이언츠가 난리가 아니다. 니 꼭 자이언츠에 데려올 기라고."

"그래?"

"니보고 부산의 아들이고 최동원 선배님의 후계자란다. 그러면서 자이언츠의 차기 에이스감이라고 앙카나."

"자이언츠가 대놓고 그렇게 말한다고?"

"그래, 인마야. 몬 믿겠으면 인터넷 함 보던지."

한문혁의 독촉에 강동원이 마지못해 컴퓨터를 켰다. 그리고 강동원과 자이언츠를 검색창에 입력했다.

그러자 한문혁의 말처럼 적잖은 기사가 쏟아져 나왔다.

—자이언츠, 오래전부터 강동원 특별 관리해 와.

—자이언츠, 강동원 놓치지 않겠다!

—강동원 자이언츠 가나? 최고 대우 예약!

—자이언츠 내부 관계자. 강동원 빼앗길 일 없어.

—해명 고등학교 박영태 감독. 강동원은 아마 자이언츠로 갈 것.

"갑자기 왜들 이래?"

강동원이 고개를 갸웃거렸다. 청소년 대표 팀에 합류했다는 소식이 전해진 이후에도 이렇다 할 반응이 없던 자이언츠가 불과 며칠 사이에 100여 개가 넘는 기사 쏟아내고 있었다.

강동원은 혹시나 싶어 강동원 위즈를 쳐 봤다.

검색되는 기사는 27개.

자이언츠 못지않게 연관 기사가 많았지만 대부분 구단에서 관심을 보인다는 수준에 그쳤다. 자이언츠처럼 대놓고 침 발라났다고 떠들진 않았다.

강동원 이글스, 강동원 타이거즈의 검색 결과도 마찬가지였다.

이글스 구단에서 강동원을 언급한 건 단 세 차례. 타이거즈 구단은 두 차례에 불과했다. 다들 자이언츠가 난리를 친 이후로는 말이 쏙 들어가 버렸다.

"이거 왠지 이상한데……."

강동원이 고개를 갸웃거렸다. 지명 순서상 위즈 다음으로 자신을 호명할 만한 구단은 자이언츠밖에 없었다.

즉시 전력감을 원하는 이글스는 대학 선수를 1라운드에서 데려올 가능성이 높다고 했다. 타이거즈는 청소년 대표 팀 동기인 하석진과 최원진, 둘 중 하나를 놓고 저울질한다는 이야기가 파다했다.

이글스와 타이거즈가 소문대로 지명권을 행사하면 그다음은 자이언츠다. 그렇다면 한문혁의 말처럼 강동원을 1라운드에서 지명하겠다고 호들갑을 떨어댈 필요가 없었다.

그런데 자이언츠는 마치 자신과 사전에 협의라도 된 것처럼 소란을 떨었다. 사전 접촉 문제로 걸린다 해도 전혀 상관

없다는 반응이었다.

강동원은 이런 자이언츠의 호들갑 속에 또 다른 꿍꿍이가 숨겨져 있을 가능성이 높다고 여겼다.

"분명 뭔가 있어."

강동원이 자리에서 일어났다.

그러자 한문혁도 덩달아 엉덩이를 일으켰다.

"넌 여기서 잠깐만 기다리고 있어."

"어데 가노?"

"폰 충전 좀 하고."

"와, 방에서 안 하고."

"거실에 충전기 있어."

"그게 말이가 방구가?"

"잠깐 전화할 곳도 있어서 그래."

강동원은 서둘러 거실로 나왔다. 어머니는 주방에서 음식 만들기에 열중이었다.

다행히 한문혁도 따라 나오진 않았다. 입술을 잔뜩 내민 채 불만스러운 표정을 짓긴 했지만 강동원의 통화까지 엿들을 생각은 없는 것 같았다.

다시 한번 주변을 살핀 뒤 강동원은 김상식 기자에게 전화를 넣었다.

뚜우우. 뚜우우.

두어 차례 통화음이 울리고 김상식 기자의 목소리가 들려왔다.

―오, 동원아. 한국에 온 거니?

"네, 기자님도 잘 지내셨어요?"

―나야 늘 그렇지. 그런데 무슨 일이야?

"뭐 좀 여쭤볼 것이 있는데요."

―그래, 뭔데?

"정보 좀 주세요."

―무슨 정보?

"아시면서."

―혹시…… 자이언츠에 관한 거?

눈치 빠른 김상식 기자가 강동원이 무엇을 원하는지 대번에 알아챘다.

"네. 지금 어떻게 돌아가는지 알려주세요."

―흠……. 이거 아직 확정된 거 아닌데.

"그래도요. 뭐라도 알고는 있어야죠."

―후우……. 그래, 기왕 이렇게 된 거 솔직히 말하마. 지금 자이언츠가 너 말고 1라운드 다른 지명자를 미리 점찍어 놨어. 만약 그 친구가 안 되면 너로 가겠다는 뭐, 그런 구상인 것 같더라.

"그게…… 정말이에요?"

-내가 들은 정보로는 그래.

"알겠어요. 감사합니다. 또 연락드릴게요."

-그래, 알았다.

통화를 끝낸 강동원은 쓴웃음을 지었다.

그러면 그렇지. 자이언츠가 호들갑을 떨 때부터 이상하다 싶었는데 이런 속셈을 감추고 있을 줄은 미처 생각하지 못했다.

"하아, 자이언츠를 어찌한다."

강동원이 무겁게 한숨을 내쉬었다.

그야말로 애증의 자이언츠였다.

과거로 돌아오기 전 자이언츠는 어깨에 문제가 있음에도 강동원을 1차 지명으로 뽑아줬고, 재활 과정에서도 기다려줬다.

물론 마지막에 안 좋은 관계로 끝이 나긴 했지만 그래도 자이언츠만 생각하면 미안한 마음이 가장 컸다.

그런데 1차 지명으로 다른 선수를 뽑은 것으로도 모자라 1라운드마저 다른 지명자와 자신을 저울질하고 있었다니. 이건 솔직히 충격이었다.

아니, 어쩌면 강동원 말고 다른 지명자를 미리 뽑아놨을 가능성이 높았다. 그러다 강동원이 세계 선수권 대회에서 선전하자 뒤늦게 수습하려고 구는 게 틀림없었다.

"이번에는 자이언츠에 가서 정말 잘해보고 싶었는데……."

강동원이 푸념하듯 중얼거렸다. 그때 한문혁이 못 참겠던지 방에서 튀어나왔다.

"마, 니 하루 종일 충전하나."

"야, 아직 반도 안 찼거든?"

"댔다 마."

강동원을 홱 하고 노려보던 한문혁이 방향을 바꿔 주방으로 향했다.

"어무이, 아직 멀었읍니꺼? 저 배고파 죽겠는데예."

"그렇지 않아도 부르려고 했어. 문혁아, 그쪽에 있는 상 좀 가져가서 펴줄래?"

"네, 어무이."

강동원은 그런 한문혁을 보며 고개를 절레절레 흔들었다.

"아무튼 넉살하고는……."

한문혁이 부지런히 주방과 거실을 오가는 사이 밥상이 차려졌다.

상 한가운데 김이 모락모락 피어오르는 김치찌개가 올라왔다.

"우와, 쥑이네."

한문혁의 두 눈이 크게 떠지며 허겁지겁 숟가락을 들었다.

강동원도 숟가락을 들어 밥 한 숟갈을 떠서 입안에 집어넣었다. 그리고 막 김치찌개로 수저를 내밀려는데 한문혁의 수저와 딱 부딪혔다.

"인마, 너만 먹냐! 머리 좀 치워."

"하도 맛있어서, 안 그래나. 미안타."

"하여튼, 김치찌개만 나오면 감당이 안 된다, 넌!"

"그걸 왜 날 탓하노. 어무이를 탓해야지. 일케 맛있게 만들믄 우짜노."

"으이그. 말이나 못 하면."

한문혁의 수저가 사라지길 기다린 뒤 강동원도 김치찌개를 한 숟갈 떠서 입으로 가져갔다.

그런데.

"……!"

어머니의 김치찌개는 여전히 짰다.

강동원이 조용히 물을 따라 마셨다.

그러자 어머니가 조심스럽게 물었다.

"왜. 짜니?"

"응, 조금."

"그래? 이번에는 조절했는데……."

어머니가 걱정스런 표정으로 김치찌개의 맛을 다시 확인했다. 그러거나 말거나 한문혁은 어느새 밥 한 공기를 다 먹고, 빈 밥그릇을 어머니께 내밀었다.

"어무이 한 그릇 더요."

"그, 그래. 기다리려무나."

어머니가 서둘러 밥을 가지러 주방으로 향하고, 그런 한문혁을 보는 강동원은 고개를 절레절레 흔들었다.

"야, 천천히 좀 먹어. 배 속에 거지가 들었냐?"

"마, 그게 친구에게 할 소리가! 내가 묵으면 얼마나 묵는다고."

"헐, 그걸 몰라서 묻냐?"

그때 어머니가 다시 밥 한 공기를 퍼서 가져왔다.

"넌 친구에게 무슨 소리니. 문혁아, 걱정 말고 맘껏 먹어."

"네, 어무이."

"쳇, 누가 진짜 아들인지……."

강동원의 타박 속에서도 한문혁은 짜디짠 김치찌개에 밥까지 비벼 맛있게 해치웠다. 덕분에 강동원은 김치찌개 몇 번 떠먹지도 못하고 식사를 마쳐야 했다.

❸

다음 날.

강동원은 아침을 먹기가 무섭게 해명 고등학교 야구부를 찾았다.

"동원이다!"

"마! 이제 오나?"

"어서 온나! 안 쉬어도 개안나?"

"짜슥, 니 음수로 잘 던지데. 완전 쥑이데."

"에이, 그 정도까진 아냐."

강동원이 뒷머리를 긁적였다. 오랜만에 만난 동료들이 반갑긴 했지만 쏟아지는 칭찬들은 솔직히 부담스럽기만 했다.

하지만 아이들은 기다렸다는 듯이 세계 청소년 야구 선수권 대회 이야기를 늘어놓았다.

"아니긴 뭐가 아냐. 올림픽에 야구만 있었어도 니는 바로 국가 대표감이야."

"맞다, 맞다. 내가 결승전까지 다 봤어. 특히 일본, 그놈들 헛방망이질 하니깐 완전 인상을 팍 쓰더만. 그때 완전 꼬시다 싶었지."

"그, 그랬나?"

강동원은 예전과 달라진 아이들의 반응에 살짝 어리둥절해졌다.

세계 청소년 야구 선수권 대회가 국제 대회이긴 하지만 국내에 있을 때도 강동원은 고교 야구 최고의 투수 중 한 명이었다.

2학년 때 퍼펙트게임을 달성했고 3학년 때 노히트 노런을 이뤄냈으니 강동원보다 화려한 커리어를 자랑하는 투수도 없을 정도였다.

그런데 국가 대표 한 번 됐다고 야구 영웅 취급을 받으니 낯설기만 했다.

그때였다.

"것보다 선물은?"

한상준이 대뜸 손을 내밀며 말했다.

"그래 바다 건너 일본까지 갔다 왔는데 설마 선물하나 안 사 왔을라고?"

"그래그래. 동원아, 선물 내온나!"

순식간에 아이들의 관심사가 선물로 돌변했다.

"선물? 당연히 사 왔지."

강동원의 말에 동료들의 얼굴에 잔뜩 기대감이 어렸다.

"자, 이건 상우 니 거."

강동원은 가방에서 열쇠고리를 꺼내며 씩 웃어 보였다.

"특별히 소녀감성 묻어나는 걸로 사 봤어. 맘에 들어?"

조상우에게 건넨 열쇠고리엔 귀여운 고양이 그림이 그려져 있는데다가 심지어 색상도 분홍색이었다.

"뭐꼬 이게? 키티? 문디 자슥아, 이런 건 요새 가시나들도 안 들고 다닌다."

고양이 열쇠고리를 받은 조상우의 볼이 부들부들 떨렸다.

그러거나 말거나 강동원은 야구부 동료들에게 형형색색의 열쇠고리를 나눠 주었다.

"이게 끝가? 뭐 더 없나?"

"없는데?"

그러자 아이들이 일제히 실망감을 드러냈다.

"이기 뭐꼬? 니 일본에 수학여행 갔다 왔나?"

"열쇠고리? 이걸 선물이라고 가져온 거가?"

"나, 참 환장하겠네."

강동원이 피식 웃었다. 열쇠고리를 선물로 주면 어떤 반응을 보일까 기대했는데 역시나였다.

"자, 자. 니들이 좋아하는 거 여 있다."

강동원이 가방에서 따로 챙겨 온 일본 과자를 꺼냈다. 그러자 아이들의 표정이 달라졌다.

"엥? 이기 물 건너 온기가?"

"함 무보자!"

아이들은 좋다며 과자를 하나씩 입에 물었다.

"와, 윽수로 다네."

"그체? 맛나기도 하네."

"역시 외국 과자가 맛나다."

허겁지겁 과자를 먹어대는 아이들을 바라보며 강동원이 흐뭇한 표정을 지었다.

'역시 과자가 최고라니까.'

먹어도 먹어도 배가 고픈 나이에 먹는 것 보다 좋은 선물은 없었다.

"옜다, 이것도 먹어라."

강동원이 책상 서랍에 숨겨놨던 다른 과자 봉지들까지 꺼냈다. 그러자 아이들이 홈런 볼이라도 주우려는 사람들처럼 우르르 과자 쪽으로 달려들었다.

"문혁아, 나 잠깐 감독님 좀 뵙고 올게."

강동원은 누구보다 열심히 과자를 집어 먹는 한문혁의 어깨를 두드린 뒤 자리에서 일어났다. 아이들에게 붙들려 있느라 아직 박영태 감독과 코치들에게 인사조차 하지 못한 상태였다.

강동원은 감독실 앞 거울에 서서 유니폼을 고쳐 입은 뒤 문을 가볍게 두드렸다.

똑똑똑!

"들어온나."

문을 열고 들어갔는데 박영태 감독은 보이지 않았다. 대신 데면데면한 권해명 투수 코치가 앉아 있었다.

권해명 코치도 강동원을 보고 살짝 놀란 표정을 지었다.

"안녕하세요, 코치님."

"오냐, 이제 왔니."

"네, 코치님."

"얼굴이 새까매졌네? 고생 많이 했나 보구나."

권해명 코치가 평소답지 않게 다정다감한 목소리로 말했다.

"고생은요."

강동원은 그저 씩 웃어 보였다.

"그런데 감독실은 왜?"

"감독님을 뵈러 왔는데 어디 가셨어요?"

"감독님? 오전에 타격 코치하고 부산 협회 들어가셨다."

"아, 그래요?"

강동원은 살짝 씁쓸한 표정을 비쳤다. 누구보다 자신을 부산으로 데려와 준 박영태 감독님과 승리의 기쁨을 함께 나누고 싶었는데 하필이면 이럴 때 공석이라니 아쉽기만 했다.

그러자 권해명 코치가 자세를 고쳐 앉으며 물었다.

"왜? 무슨 일 있나?"

"아뇨. 그냥 인사드리러 왔어요."

강동원은 손에 들고 있던 과자 상자를 내밀었다.

"이것 좀 드셔보세요. 일본 유명 파티쉐들이 손수 만든 과자라고 하더라고요."

"뭘, 이런 걸 다 가지고 왔어. 학생이 돈이 어디 있다고……."

권해명 코치가 씩 웃으며 선물을 받았다. 설마하니 강동원이 선물까지 챙겨 오리라고는 생각지 못한 반응이었다.

"그럼 전 이만 나가볼게요."

강동원은 곧장 인사를 하고 몸을 돌렸다. 그러자 권해명 코치가 다급히 강동원을 불러 세웠다.

"동원아, 니 잠깐 앉아봐라."

"네?"

"잠깐 할 이야기가 있으니까."

"아, 네."

강동원이 어색한 얼굴로 자리에 앉았다. 지난 3년간 해명 고등학교에서 지도를 받아왔지만 권해명 코치와는 이런 식으로 대화를 나눈 적이 거의 없었다.

'무슨 말씀을 하시려고 그러지?'

강동원이 슬그머니 권해명 코치를 바라봤다.

"크흠."

권해명 코치는 괜히 헛기침을 내뱉었다. 그러고는 조심스럽게 말을 이었다.

"동원아, 니 졸업하면 곧바로 프로에 갈 거지?"

"네, 그럴 생각입니다."

"대학 진학 생각은 없는 거고?"

"일단은요."

"그럼, 니 다이노스에 갈 생각은 있나?"

"예에?"

"그렇게 놀랄 건 없고……. 실은 말이다. 내가 아는 사람이 지금 다이노스 코치인데……."

권해명 코치는 강동원의 눈치를 살피며 다이노스가 강동원에게 관심을 갖고 있으며 1차 라운드에서 지명하고 싶어한다는 말을 전했다. 그러면서 강동원이 내심 고민을 해보길 기대했다.

하지만 정작 강동원의 반응은 시큰둥하기만 했다.

"아, 네에."

"다른 뜻으로 듣지는 말고, 그냥 주변에서 이런 말들이 나돌아서 이야기해 주는 거야. 내 말, 무슨 소리인지 알지?"

"네……."

"물론 우리 학교가 자이언츠 연고 학교인 건 맞지만 1차 지명도 아니고 2차 지명은 연고제의 의미가 없잖아. 가능하면 너를 원하는 곳으로 가면 더 좋은 대우를 받을 수도 있을 테고. 솔직히 자이언츠보다는 다이노스가 계약금이니 뭐니 해서 조금 더 챙겨줄 것 같은데 말이다."

"네. 알겠습니다. 집에 가서 진지하게 생각해 보겠습니다."

이야기가 길어질 것 같자 강동원이 냉큼 선수를 쳤다.

그러자 권해명 코치도 더는 말을 잇지 못했다.

"그래, 집에 가서 잘 생각해 봐라."

"네에."

강동원이 인사를 하고 감독실을 나섰다. 다른 사람도 아닌 권해명 코치가 다이노스행을 권했다는 게 의외이긴 했지만 솔직히 기분 나쁜 제안은 아니었다.

물론 아직까지도 마음속에는 자이언츠에 대한 미련이 남아 있었다. 하지만 정말로 자이언츠가 자신을 데리고 장난을 치려 한다면 다이노스도 좋은 대안이 될 수 있었다.

"아직 시간은 많으니까."

강동원이 애써 마음을 다잡았다.

그런데 다음 날 새로운 변수가 찾아왔다.

"동원아!"

막 야구부 실로 들어가려던 강동원의 등 뒤에서 한문혁의 목소리가 들렸다. 강동원이 걸음을 멈추고 몸을 돌리자 한문혁이 그대로 꼼짝 말라며 헐레벌떡 뛰어왔다.

"또 무슨 일인데 그래?"

"마, 니 지금 큰일 났다."

"큰일이라니?"

"동원아, 니 내 말 단디 들어라. 놀라지 말고."

"뭔데 그래?"

"방금 들었는데. 니 메이저리그에서 신분 조회 요청 들어왔단다!"

"뭐? 메이저리그? 그게 정말이야?"

"그래, 인마! 봐라! 뉴스에도 나왔다 앙 카나!"

한문혁이 흥분한 얼굴로 핸드폰을 들어 올렸다. 핸드폰 화면에는 정말로 '강동원 외 15인 메이저리그 신분 조회 요청'이라는 기사가 떠올라 있었다.

'메이저…… 리그?'

기사를 확인한 강동원이 마른침을 꿀꺽 삼켰다.

야구 선수라면 누구나 동경하는 그곳에서 생각보다 빨리 자신에게 손짓을 하고 있었다.

4

다음 날.

주말을 맞아 강동원은 김상식 기자와 약속을 잡았다.

이런저런 고민 상담차 강동원이 먼저 김상식 기자에게 만나자고 전화를 했다. 그리고 누구보다 강동원의 진로를 궁금해했던 김상식 기자도 흔쾌히 요청을 받아들였다.

장소는 강동원의 집에서 가까운 카페로 정했다. 그리고 약속 시간 10분 전에 강동원이 카페의 문을 열어젖혔다.

딸랑!

따뜻한 공기와 함께 맑은 풍경 소리가 반기듯 울렸다.

강동원은 빈자리를 찾기 위해 고개를 두리번거렸다. 바로 그때 구석에 앉아 있던 김상식 기자가 손을 흔들었다.

"어, 동원아. 여기!"

강동원이 곧장 김상식 기자에게 걸어갔다.

"빨리도 오셨네요."

"널 만나러 오는데 서두르는 건 당연하지. 일단 마실 것부터 시키자."

"네에."

강동원은 시럽을 뺀 토마토 주스를 시켰다. 김상식 기자는 샷을 추가한 아메리카노를 주문했다.

그렇게 음료가 나오고 강동원과 김상식 기자는 서로의 안부를 묻는 것으로 대화를 시작했다.

"지난 경기 TV로 다 봤다. 너 점점 공이 좋아지더라."

김상식 기자는 가장 먼저 세계 청소년 야구 선수권 대회 이야기부터 꺼냈다. 국가 대표로 선발되기 전까지 강동원 하면 청룡기 퍼펙트게임, 봉황기 노히트 노런이었다.

하지만 세계 청소년 야구 선수권 대회를 치르고 돌아온 지금은 달랐다.

세계 청소년 야구 선수권 대회 MVP

세계 청소년 야구 선수권 대회 최우수 투수상

대한민국 청소년 야구 대표 팀 에이스

퍼펙트게임, 노히트 노런보다 더 확실한 훈장이 강동원의 가슴에 달려 있었다.

"에이, 뭘요."

강동원은 칭찬이 쑥스러운 듯 뒷머리를 긁적거렸다. 그러면서도 쉴 새 없이 쏟아지는 김상식 기자의 말을 막지는 않았다.

"참, 김 기자님은 요즘 어떠세요?"

"지금 내 안부 물어주는 거냐?"

"하하. 워낙 능력 있으시니 뭐 제가 걱정할 필요는 없겠지만요."

"짜식, 외국 물 좀 먹었다고 립서비스가 늘었는데?"

김상식 기자가 피식 웃었다. 그러고는 싸늘하게 식은 커피 잔을 들어 올렸다.

"나야 늘 똑같지 뭐. 사람 만나고 취재하고 기사 쓰고. 그건 그렇고……."

쓰디쓴 커피를 한 모금 마신 뒤 김상식 기자가 나직이 목소리를 내리깔았다.

"동원이 네가 내게 듣고 싶은 조언이 자이언츠냐, 다이노스냐. 이거지?"

"아, 네."

평소 시원시원한 성격답게 김상식 기자가 곧바로 본론을 꺼냈다. 그러자 강동원도 냉큼 자세를 바로잡았다.

"일단 내 생각이라는 걸 전제로 해두고…… 가능하면 자이언츠 가는 게 좋지 않겠냐? 1라운드나 2라운드나 큰 차이 없을 텐데."

"자이언츠요?"

강동원이 약간 의외라는 표정을 지었다. 설마하니 여기까지 와서 김상식 기자가 자이언츠를 운운할 줄은 예상하지 못한 것이다.

그런 강동원의 속내를 읽은 것일까. 김상식 기자가 쓴웃음을 짓더니 이내 고개를 절레절레 흔들었다.

"하아, 젠장 맞을. 자이언츠는 개뿔. 동원아, 그냥 미국 가 버려!"

"네?"

"그냥 미국으로 가버리라고."

"그게 무슨 말씀이신지……."

"내숭 떨지 말고, 인마. 너도 소식은 들었을 거 아니야. 메이저리그 사무국에서 너에 대한 신분 조회를 요청했다는 거 말이야."

"아, 네. 문혁이한테 듣긴 했는데…….."

"왜? 갑자기 미국에서 관심을 보이니까 못 미더운 거냐?"

"아무래도 그렇죠. 그리고…… 솔직히 아직 메이저리그에 도전하기에는 부족한 실력이니까요."

"네 실력이 어디가 어때서? 세계 청소년 야구 선수권 대회 MVP는 아무나 받는 줄 아니?"

"그건 운이 좋았던 거고요. 솔직히 지금 실력으로는 어림도 없다고 생각해요."

강동원은 김상식 기자가 듣기 좋으라고 자신을 칭찬해 주는 것이라 여겼다. 하지만 김상식 기자도 고작 립서비스나 하려고 여기까지 온 게 아니었다.

"그렇지 않아도 내가 알아봤는데 미국에서 너한테 관심을 갖는 건 사실이더라. 미국 쪽 기자들에게서도 연락도 오고 있어."

"기자들에게도요?"

"그래. 그러니까 좁아터진 국내에 있지 말고, 메이저리그로 나가라."

김상식 기자의 말에 강동원은 눈만 끔뻑거렸다. 대체 어디서부터 어디까지 진지하게 받아들여야 하는지 감이 잡히질 않았다.

그런 강동원의 동요를 잠재우듯 김상식 기자가 단호하게

한마디 했다.

"동원아, 넌 메이저리그에서 성공할 수 있어. 내가 보장한다. 농담 아니야."

덕분에 강동원의 마음이 조금씩 흔들리기 시작했다.

이제 막 고등학교를 졸업하는 자신이 메이저리그로 가서 정말 성공할 수 있을까?

그런 의문이 자꾸만 머릿속을 맴돌았다.

"물론 고민이 될 거다. 솔직히 요즘 고등학교 졸업하고 바로 메이저리그 진출하는 경우는 드무니까. 제 실력만 믿고 나갔다가 변변한 기회조차 잡지 못하고 국제 미아가 되는 경우도 많고. 하지만 넌 아니다. 미국 쪽 반응도 마찬가지고. 그러니까 망설이지 말고 꼭 가라. 여차하면 내가 잘 아는 에이전트 하나 소개시켜 줄게. 물론 내가 소개해줬다는 이야기는 하지 말고. 알았지?"

김상식 기자가 쏟아내듯 말을 내뱉었다. 그러고는 목이 탔던지 싸늘하게 식은 커피를 벌컥벌컥 들이켰다.

"네, 알겠습니다."

강동원도 이내 고개를 주억거렸다. 메이저리그에 대한 정보를 들으러 만난 자리는 아니었지만 덕분에 새로운 고민거리를 찾게 된 것 같았다.

"솔직히 네가 이 정도로 대단한 선수가 될 거라고는 예상하지 못했는데……. 내가 보는 눈이 없나 보다."

"아니에요. 다 운이 좋았던 거죠."

"어쨌든 내 말, 가볍게 듣지 말고 신중히 생각하고."

"네."

"넌 미국 가서도 잘해낼 거다. 몸 건강하고. 담에 또 보자."

"네, 기자님. 들어가세요."

"그래."

커피숍을 나서며 강동원은 김상식 기자와 헤어졌다. 중간에 고개를 돌려 김상식 기자를 바라봤는데 하고 싶은 이야기를 전부 내뱉은 탓인지 돌아가는 발걸음이 가벼워 보였다.

"메이저리그라……."

다시 몸을 돌리며 강동원이 나직이 중얼거렸다.

다른 사람도 아닌 김상식 기자의 말이라면…… 마냥 허황된 꿈만은 아닐 것 같았다.

5

다음 날 아침.

지이잉. 지이잉.

모르는 번호로 전화가 걸려왔다.

"여보세요?"

불법 대출 광고인가 싶어 강동원이 퉁명스럽게 전화를 받았다. 그러자 수화기 너머로 정중한 목소리가 들려왔다.

—혹시 강동원 선수 되십니까?

"아, 네, 그런데요. 누구세요?"

—안녕하세요. 전 김상식 기자님 소개로 연락드린 박동휘라고 합니다.

"아……. 안녕하세요."

강동원의 목소리가 살짝 떨렸다. 설마하니 이토록 빨리 에이전트로부터 전화가 올 줄은 예상하지 못한 것이다.

—강동원 선수, 자세한 이야기는 만나서 하고 싶은데 혹시 언제쯤 시간 괜찮으세요?

"오, 오늘이요?"

—네, 저는 오늘도 상관없습니다. 혹시나 해서 지금 부산에 와 있거든요.

"그럼 상관은 없는데……."

—혹시 괜찮으시면 제가 있는 곳으로 와주실 수 있으실까요? 제가 부산 지리까지는 잘 몰라서요.

"아, 네. 위치가 어디죠?"

—문자로 주소 알려드리겠습니다.

"네, 확인하고 출발할 때 다시 연락드릴게요."

강동원은 그렇게 얼떨결에 에이전트 박동휘와 약속을

잡았다. 그리고 택시를 타고 박동휘가 알려준 곳으로 움직였다.

약속 장소인 커피숍에 들어서자 깔끔한 스타일의 남성이 강동원을 반겼다.

"안녕하십니까. 박동휘입니다. 제가 직접 찾아뵀어야 하는데 죄송합니다. 오다가 차가 좀 고장이 나서요. 근처 카센터에 맡기느라 움직이질 못했습니다."

박동휘가 사정을 전하며 명함을 내밀었다. 명함에는 D.W 에이전트 대표이사 박동휘라는 직함과 이름이 찍혀 있었다.

'1인 기획사 같은 건가……'

명함에서 눈을 떼며 강동원이 천천히 박동휘를 살폈다.

박동휘의 첫인상은 생각보다 좋았다. 포마드로 머리를 뒤로 넘긴 머리가 꽤나 젠틀한 인상을 남겼다. 투박한 스포츠머리만 고집해 왔던 강동원도 한번쯤 따라해 보고 싶은 헤어스타일이었다.

게다가 박동휘는 생긴 것 이상으로 말주변이 좋았다. 나중에 강동원이 정신을 차렸을 때는 이미 박동휘의 이야기 속에 흠뻑 빠져 버린 뒤였다.

"그럼 제가 어떻게 해야 하나요?"

미국 쪽 동향을 전해 들은 강동원이 상기된 얼굴로 물었다. 김상식 기자의 말을 들었을 때는 반신반의했는데 박동휘의 이야기를 마저 들으니 미국행도 충분히 승산이 있을 것 같았다.

"일단 저와 에이전트 계약을 하시면 됩니다."

박동휘가 어려울 것 없다며 씩 웃었다. 그리고는 미리 준비한 계약서를 내밀었다.

"메이저리그 구단과의 전반적인 계약은 모두 제가 책임지고 진행하겠습니다. 아울러 국내 언론 및 타 구단들과의 문제도 제 선에서 처리하겠습니다. 강동원 선수가 운동에만 전념할 수 있도록 말이죠."

박동휘가 자신만만한 얼굴로 말했다. 전직 기자 출신이어서 그런지는 모르겠지만 말뿐만 아니라 추진력도 상당해 보였다.

"아, 네."

강동원은 약간 당황했지만 침착하게 계약서 내용을 확인했다.

그중 굵은 폰트로 적힌 몇 가지 조항이 강동원의 시선을 잡아끌었다.

하나, 을은 갑이 원하면 언제든 이 계약은 파기할 수 있다.

하나, 을은 갑의 법적 대리인으로 진행한 모든 일을 갑에게 알리며 이를 어길 시 그에 따른 모든 법적 책임을 진다.

하나, 을은 갑의 해외 진출에만 관여하며 한국 협회의 지침에 어긋나는 일은 하지 않는다.

하나, 을은 갑의 메이저리그 입단 계약 성공 시 성공 보수로 계약금의 5%를 받으며 이후 강동원이 원할 시 동일한 조건으로 계속해서 에이전트 역할을 수행한다.

계약서를 찬찬히 살펴본 강동원이 이내 고개를 끄덕였다. 어려운 내용이 적잖았지만 원하면 언제든 계약을 파기할 수 있다는 조건 하나만으로도 강동원에게 절대적으로 유리한 계약이었다.

"읽어보니 어때요?"

박동휘가 미소를 띠며 물었다.

"너무 일방적으로 저에게만 유리한 계약 같은데요. 이렇게 진행해도 괜찮아요?"

오히려 강동원이 박동휘를 걱정했다.

"하하하. 그렇게 보셨다면 제대로 보신 겁니다. 하지만 절대 제가 손해 보기 위해 하는 계약은 아닙니다. 전 어떻게든 강동원 선수를 메이저리그로 보낼 생각이거든요."

"그거야 저도 바라는 바지만……."

"만약 제 생각대로 강동원 선수가 메이저리그에서 크게 활약한다면 덩달아 제 이름과 D.W 에이전트도 유명해 지겠죠. 돈도 중요하지만 저는 그렇게만 되어도 여한이 없습니다."

"정말요?"

"그럼요. 그러니까 그쪽에 사인 좀 해주시겠습니까?"

박동휘가 펜을 꺼내 강동원에게 내밀었다. 하는 짓이 살짝 보험을 강매하는 이들 같았지만 강동원도 피식 웃고 말았다.

'어차피 밑져야 본전이랬다고. 까짓 거 해보자.'

강동원이 펜을 받아 계약서 귀퉁이에 서명을 했다.

그렇게 서명을 마친 강동원이 펜을 놓자 박동휘가 두 개의 계약서를 확인한 후에 한 개를 건네며 악수를 청했다.

"감사합니다. 강동원 선수. 저희 D.W 에이전트의 1호 계약자가 되신 걸 진심으로 축하드립니다."

"제가…… 1호였어요?"

"숫자에 연연하지 마시고 저만 믿으십시오. 제가 옆에서 물심양면으로 도와드리겠습니다."

"아, 네. 어쨌든 잘 부탁드리겠습니다."

박동휘의 넉살에 강동원이 어쩔 수 없다며 박동휘의 손을 맞잡았다. 그렇게 강동원과 박동휘의 인연이 시작됐다.

박동휘는 강동원이 아직 미성년자인 만큼 보호자 서명란은 어머니께 직접 상황 말씀 드린 뒤 서명을 받겠다고 했다.

"그럼 그때 한꺼번에 서명을 받았어도 되지 않나요?"

"저도 그러고 싶었습니다만 일단은 강동원 선수의 에이전 트가 되어야 보다 확실한 정보를 받을 수 있거든요. 그리고 그 정보들이 있어야 어머니를 설득시킬 수 있고요."

"아……."

"절대 사기 그런 거 아니니까 걱정은 눈곱만큼도 하지 마 세요. 그럼, 저는 이만 가보겠습니다."

"버, 벌써요?"

"하하. 쉬어서 뭐 합니까? 일단 드래프트 전까지 다시 연 락드리겠습니다. 그럼 그때까지 건강하세요."

계약이 끝나기가 무섭게 박동휘는 강동원을 내버려 두고 카페를 나섰다. 그리고 서울로 올라와 본격적으로 자신의 업 무를 하기 시작했다.

그리고 사흘 뒤.

－강동원 선수! 저 부산입니다!

박동휘가 강동원에 대한 미국 측 정보들을 조합해 파일을 만들어 가지고 왔다.

"일단 강동원 선수에게 관심을 갖는 구단은 총 10개 구 단입니다. 이 중에서 적극적으로 관심을 갖는 구단은 3개 입니다."

박동휘가 내민 서류는 총 세 개였다. 그곳에 적힌 메이저리그 구단의 이름은 누구나 들어도 다 아는 그런 구단들이었다.

하나는 다저스.
또 하나는 매리너스.
마지막 하나는 자이언츠 샌프란시스코.

서류를 확인한 강동원의 눈동자가 크게 흔들렸다. 자기 눈으로 직접 확인을 했음에도 좀처럼 이 현실이 믿겨지지가 않았다.

"내셔널리그 팀 둘에…… 아메리칸리그 하나 맞죠? 정말 이 세 구단이 저에게 관심을 가지고 있다고요?"

강동원은 몇 번이고 구단 서류를 들춰댔다.

그러자 박동휘가 그리 감동할 거 없다며 웃어 보였다.

"그럼요. 제가 설마 이런 걸로 강동원 선수에게 거짓말을 하겠습니까?"

"이거 진짜 정말 맞는 거죠? 몰래 카메라 같은 거 아닌 거죠?"

"아쉽게도 몰래 카메라에 대한 계약 조건은 없어서요. 원하신다면 지금 추가할까요?"

"아뇨, 싫어요."

"네, 저도 사람 가지고 장난치는 거 정말 싫어합니다."

박동휘가 단호하게 선을 그었다. 현재 모든 프로야구 구단이 주목하고 있는 강동원을 상대로 간 크게 장난을 치고 싶은 생각은 추호도 없었다.

"후우……."

길게 한숨을 내쉬며 강동원이 다시 파일들 쪽으로 시선을 옮겼다.

세 구단 중 가장 시선을 끄는 건 역시나 다저스였다. 다저스야 원래 야구를 좀 좋아하는 대한민국 국민이라면 한두 번쯤 들어봤을 법한 구단이었다.

매리너스도 아시아 선수들은 물론 어린 유망주들에게도 관심이 많은 구단이었다.

반면 자이언츠는 의외였다.

'그나저나 여기도 자이언츠가 있네.'

자이언츠는 다저스와 같은 지구에서 경쟁하는 유명한 팀이었다. 인지도 면에서는 다저스보다 밀렸지만 정작 월드 시리즈는 밥 먹듯 우승했던 팀이기도 했다.

강동원은 자이언츠라는 라벨이 붙은 서류를 들췄다. 박동휘가 정리한 내용에 따르면 봉황기 때까지만 해도 자이언츠는 강동원에게 별다른 관심을 보이지 않았다고 한다. 그런데 세계 청소년 야구 선수권 대회 이후로 갑자기 열성적인 러브

콜을 보내고 있었다.

"저기…… 물어보고 싶은 게 있는데요."

"네, 무엇이든지 물어보세요."

"제가 지금 메이저리그에 가면 계약금 같은 건 많이 나올까요?"

강동원이 조심스럽게 물었다.

그러자 박동휘가 슬쩍 입가를 비틀어 올렸다.

프로는 돈이다. 그리고 선수라면 누구나 자신의 가치를 알고 싶어 한다.

메이저리그 10개 구단에서 관심을 받고 있는 강동원이라면 몸값에 대해 어느 정도 기대를 갖는 게 당연했다. 게다가 강동원은 홀어머니와 함께 어렵게 생활하고 있었다.

"고생하는 어머니 때문에 그러시죠?"

"아, 네. 뭐……."

"효자시네요."

박동휘가 웃으며 말했다.

그러자 강동원이 머쓱한 표정을 지었다. 솔직히 효자가 아니라 하더라도 지금껏 뒷바라지 다 해준 부모가 눈에 밟히지 않을 리 없었다.

"아직 이 구단들과 정확하게 이야기를 주고받은 건 아니니까 지금 당장 확답을 드리긴 어려울 것 같습니다. 하지만 한국의 프로 구단과 계약해서 받을 계약금보다는 더 많이 받을 수 있도록 하겠습니다. 그리고 단순히 계약금만 받고 마는 계약은 진행하지 않겠습니다. 여러 조건을 걸어서 강동원 선수의 메이저리그 승격이 빨라지도록 노력하겠습니다."

"그게 가능할까요?"

"안 되도 되게 해야죠. 그게 저의 역할이니까요."

"감사합니다."

"그건 걱정 마시고, 일단 마음 편히 가지십시오. 모르긴 몰라도 이들 세 구단 중에 적어도 한 구단은 강동원 선수가 놀랄 만한 조건을 제시할 테니까요."

박동휘는 이어 메이저리그와 관련한 이런저런 이야기들을 늘어놓았다. 그러면서 앞으로 어떻게 준비해야 할 것인지에 대해 조언해 주었다.

"아, 네⋯⋯."

강동원은 박동휘의 설명에 연신 고개를 끄덕였다. 말이 좀 많긴 했지만 박동휘가 정말 열정적인 사람이라는 것을 다시금 확인하는 계기가 되었다.

그렇게 모든 이야기가 끝이 났다.

"그럼 일단 저는 동휘 형 믿고 기다리고 있으면 되는 거죠?"

"네! 저만 믿으세요. 그럼 이제 어머니 뵈러 가시죠."

대회를 마친 박동휘가 자리에서 일어났다. 그의 손에는 지난번에 작성했던 계약서가 들려져 있었다.

"가시죠."

"네."

강동원은 박동휘와 함께 어머니의 가게로 갔다. 문을 열자 어머니의 목소리가 들려왔다.

"어서 오…… 응? 동원이니?"

"네, 엄마."

저녁 늦은 시간이라 그런지 가게에는 손님이 없었다. 어머니도 슬슬 문을 닫을 준비를 하고 있었다.

"이제 들어가려던 참인데 어쩐 일이니?"

"아, 그게……."

뭔가를 설명하려던 강동원이 박동휘에게 도움을 청했다. 자연스럽게 어머니의 시선도 강동원 옆에 나타난 깔끔한 정장차림을 한 박동휘에게 향했다.

"이분은…… 누구시니?"

"안녕하십니까, 어머니. 저는 D.W 에이전트의 대표 박동휘라고 합니다. 이렇게 만나 뵙게 되서 반갑습니다."

"으응? D…… 뭐라고요?"

어머니는 자신이 뭔가 잘못 들었나 싶어 고개를 갸웃거렸다. 그러자 강동원이 어머니의 팔을 잡고 의자로 이끌었다.

"엄마, 일단 앉아서 얘기해요."

"그, 그래. 그러자꾸나."

강동원에게 이끌려 자리에 앉은 어머니가 대뜸 박동휘를 보고 물었다.

"혹시 보험 회사에서 오신 건가요?"

"아, 아닙니다. 어머니."

박동휘가 손사래를 치며 말했다.

"그럼 다행이네요."

어머니의 빠른 안심에 강동원과 박동휘가 깔깔 하고 웃었다.

"어머니, 저는 강동원 선수 에이전트를 맡고 싶어서 온 사람입니다."

박동휘가 주머니에서 명함을 꺼내 어머니께 주었다. 명함을 받은 어머니가 고개를 갸웃하며 말했다.

"에이전트요?"

작은 아버지였다면 대번에 알아들었겠지만 식당일에 바쁘게 살아왔던 어머니는 에이전트에 대해 아는 게 없었다.

그러자 박동휘가 에이전트에 대해 차근차근 설명을 해주었다. 어떤 일을 하며, 선수 관리를 어떻게 하는지 그리고 지금 강동원이 메이저리그 진출을 위해 어떻게 도울 것인지에 대해서 천천히 상세하게 설명을 해주었다.

"그러니까, 우리 아들이…… 미국에 가야 한다는 말인

거죠?"

에이전트 박동휘의 말을 들은 어머니의 머릿속은 복잡하기만 했다.

"네, 어머니. 일단은 그런 이야기입니다."

박동휘가 조심스럽게 고개를 끄덕였다.

'우리 아들이 미국에 간다고? 동원이가?'

어머니는 넌지시 옆에 앉은 강동원을 바라보았다.

사실 강동원이 미국에 갈 거란 생각은 단 한 번도 생각해보지 않았다. 주변 사람들이 다들 강동원은 자이언츠에 갈 거라고 말했으니 그녀도 그러려니 생각하고 있었다.

물론 몇몇 사람은 자이언츠가 아니라 다른 구단에 입단할 가능성도 남아 있다고 했다. 그래서 어머니는 그렇게 될 경우 강동원과 따로 떨어져 살더라도 어쩔 수 없다고 각오하고 있었다.

하지만 미국은 이야기가 달랐다. 마음만 먹으면 언제든 얼굴을 볼 수 있는 한국과 달리 미국은…… 강동원의 목소리를 듣는 것도 어려울 것 같았다.

"어머님, 혹시 놀라셨나요?"

박동휘가 더욱 조심스럽게 말을 붙였다. 그러자 어머니가 냉큼 박동휘에게 눈을 돌렸다.

"죄송해요. 전 우리 아들이 미국에 갈 거란 생각을 해보지 않았어요. 어떻게 받아들여야 할지 모르겠네요."

"어, 엄마⋯⋯."

어머니가 어색하게 웃어 보였다.

하지만 그 모습이 강동원의 눈에는 더없이 슬퍼 보였다.

덩달아 강동원의 머릿속도 복잡해졌다. 어머니를 혼자 두고 미국으로 떠날 생각에 들떠 있었다는 사실에 괜히 미안한 마음마저 들었다.

그때 박동휘가 찬찬히 말을 이었다.

"어머님, 아무래도 강동원 선수와 떨어져 지내야 한다는 사실을 받아들이기 힘드신 것이죠?"

"네에, 지금까지 한시도 제 곁에서 떨어져 있었던 적이 없거든요. 하긴 품안의 자식이라고 했으니⋯⋯."

"그렇군요. 저 역시 어머니의 마음, 충분히 이해합니다. 하지만 혹시 이런 생각은 해보셨습니까? 가령 우리 아들이, 강동원 선수가 야구 선수로서 어떤 삶을 살았으면 좋겠다 하는 바람 말입니다."

"그거야 당연히 잘되었으면 하고 바라고 있죠."

"네, 저 역시 어머님과 같은 생각입니다. 그래서 강동원 선수가 미국에 가길 바라고 있고요."

목이 탄 듯 박동휘가 물을 잠시 들이켰다. 그러고는 준비했던 말들을 쏟아냈다.

"어머님, 저는 강동원 선수가 야구 선수로서 꼭 성공할 거라고 생각하고 있습니다. 그래서 메이저리그에 가야 한다고 생각합니다. 미국이 낯선 곳이긴 하지만 저도 함께 따라갈 테니까요. 제가 옆에 머물면서 강동원 선수가 꼭 성공하도록 돕겠습니다. 아니, 꼭 성공하게 만들겠습니다. 그러니 절 믿고 아드님을 미국에 보내주십시오."

"동원이가…… 정말 미국에서 잘할 수 있을까요?"

"물론입니다, 어머님. 그럼 지금부터는 강동원 선수가 미국에서 성공할 수밖에 없는 이유를 설명 드리겠습니다. 일단 이것부터 좀 보실까요?"

박동휘는 옆에 놔두었던 태블릿을 꺼내 들었다. 그리고 오래된 영상들을 재생시켰다.

태블릿 속에는 강동원의 고등학교 시절 투구 기록이 모두 담겨 있었다. 주요 경기 영상은 물론이고 몇 차례 하지 않았던 인터뷰 내용들 그리고 신문 기사, 전문가들이 방송 중에 짤막하게 평가한 부분들까지 하나도 빠지지 않았다.

'동휘 형, 대단한데? 내 자료를 언제 저렇게나 많이 준비한 거야?'

강동원은 박동휘의 치밀한 준비에 놀랐다.

어머니도 박동휘의 태블릿을 보고는 조금씩 마음이 흔들리기 시작했다.

"어머님, 강동원 선수는 매년 시즌이 끝이 나면 다시 한국으로 들어올 겁니다. 어차피 국내 프로 구단에 입단해도 숙소 생활을 하게 될 가능성이 높습니다. 시즌 끝난 후에야 강동원 선수를 보게 되는 건 거의 비슷한 셈이죠."

박동휘는 메이저리그에 가나 국내에 머무르나 강동원을 자주 만나긴 어려울 거라고 덧붙였다.

물론 그래도 국내에 머무르는 게 심적으로나마 편하긴 하겠지만 이제는 강동원이 독립할 때가 되었음을 이해해 줄 필요가 있다고 달랬다.

어머니는 연신 고개를 끄덕였다. 그러고는 강동원 쪽으로 눈을 돌렸다.

강동원은 박동휘의 태블릿에서 눈을 떼지 못하고 있었다.

어머니는 그런 강동원의 심정이 이해가 갔다. 어렸을 때부터 지금까지 야구 하나만 바라보고 살아왔으니 더 큰 무대로 나아가고 싶은 것도 당연해 보였다.

"아들."

"응, 엄마."

"미국에 가고 싶은 거지?"

어머니가 조용히 물었다.

그러자 강동원이 어머니의 눈치를 보며 대답했다.

"물론 가고 싶어요. 거긴 야구 선수라면 누구나 동경하는 무대니까. 하지만 엄마가 반대하시면 가지 않을게요. 무엇보다 전 엄마가 더 중요하니까요."

강동원의 솔직한 대답을 들은 어머니는 묵묵히 고개를 끄덕였다. 그러고는 강동원의 손을 가볍게 움켜잡았다.

"가고 싶으면 가야지. 우리 아들이 가고 싶다는데 엄마가 되어서 그걸 막으면 쓰나. 난 우리 아들 앞날을 막는 엄마가 되고 싶지 않아."

"어, 엄마……."

생각지 못했던 어머니의 허락에 강동원의 눈시울이 붉어졌다.

그러자 박동휘가 살짝 당황하더니 냉큼 분위기 전환에 나섰다.

"그럼 어머님! 강동원 선수를 저한테 한번 맡겨주시겠습니까?"

"네. 그렇게 할게요."

"정말 감사합니다, 어머님."

"감사는 제가 해야죠. 앞으로 우리 동원이 잘 부탁합니다."

"그건 걱정하지 마십시오. 그리고 이것 좀……."

박동휘가 가방에서 계약서와 펜을 꺼내 어머니 앞으로 내밀었다. 그러자 어머니가 풋 하고 웃음을 터뜨렸다.

사각. 사각.

계약서 보호자란에 어머니의 이름 석 자와 어색한 사인이 적혀 들어갔다.

그렇게 강동원과 박동휘의 에이전트 계약이 정식적으로 체결되었다.

그날 저녁.

"하, 하하. 어머니 맛있습니다. 정말 맛있습니다."

박동휘는 어머니가 특별히 내놓은 짜디짠 김치찌개를 땀을 뻘뻘 흘려가며 해치워야 했다.

강동원이 다 안 먹어도 된다며 말렸지만 박동휘는 어머니의 정성을 무시할 수 없다며 한문혁처럼 바닥까지 싹싹 비워내는 열의를 보였다.

"많이 드시고, 우리 아들 잘 부탁해요."

어머니는 박동휘가 식성이 좋다며 더 마음에 들어 했다. 그러면서 시즌이 끝나면 자주 찾아오라며 박동휘를 식은땀 나게 만들었다.

다음 날 아침.

드르르륵.

어머니는 여느 때와 마찬가지로 9시쯤 가게 문을 열었다. 주방에서 각가지 재료 손질은 물론 가게 내부 청소까지 어머니 혼자 다했다.

그렇게 장사 준비를 마칠 때쯤 깔끔한 정장차림의 한 남성이 나타났다.

"동원이 어머니, 안녕하십니까. 조철승입니다."

어머니는 불쑥 나타난 남성을 보고 얼굴이 굳어졌다.

"또 오셨네요."

"하하. 어머니는 제가 반갑지 않으신 모양이네요."

"그래도 오셨으니, 일단 이쪽에 앉으세요."

"아, 네. 감사합니다, 어머니. 그리고 괜찮으시면 시원한 물 한 잔만 부탁드립니다."

넉살 좋게 웃으며 가게에 들어온 인물은 롯데 자이언츠 직원인 조철승 과장이었다.

조철승 과장은 강동원이 세계 청소년 야구 선수권 대회에서 두각을 보인 이후 세 번이나 가게를 찾아왔다. 그것도 매번 장사 준비에 바쁜 시간에만 들렀다. 그러고는 어머니를 붙잡고 한참 동안 제 할 말을 떠들다 갔다.

주된 이야기는 역시 강동원이었다. 어떻게든 강동원을 자이언츠에 입단시키기 위해 어머니를 들들 볶는 것이었다.

하지만 어머니는 그때마다 조철승 과장을 적당히 돌려보

냈다. 야구나 계약에 대해서는 아무것도 모르고, 아들이 결정할 일이라며 선을 그었다.

그래도 조철승 과장이 포기하지 않자 마지막 만남 때 어머니는 그만 좀 오라며 화를 내기까지 했다. 그래서인지 나흘 정도 조철승 과장은 가게를 찾지 않았다.

그런데 오늘 또다시 조철승 과장이 아무렇지도 않게 얼굴을 들이밀었다.

"역시 여기까지 오는 게 너무 힘드네요."

조철승 과장이 큰일이라도 한 것처럼 생색내듯 중얼거렸다. 그러자 어머니가 살짝 미간을 찌푸리더니 시원한 물을 가져와 조철승 과장 앞에 내려놓았다.

"우선 물부터 드세요."

"아, 네. 고맙습니다. 그런데⋯⋯ 예전부터 쭉 생각했던 거긴 하지만 가게가 많이 낡았네요. 다른 곳으로 옮겨야겠어요."

"걱정해 주는 건 고맙지만 아직 쓸 만해요."

어머니가 다소 쌀쌀맞게 대답했다. 덩달아 조철승 과장의 입가에도 쓴웃음이 번졌다.

만약 이 모습을 강동원이 보았다면 깜짝 놀랐을 것이다. 여태까지 살면서 어머니가 다른 누군가에게 이렇게 차갑게 말한 적은 없었다. 애초에 초반 만남부터 좋은 느낌의 남성은 아니었다.

하지만 어머니도 조철승 과장만 보면 화가 나는 걸 참을 수가 없었다.

애당초 첫 만남부터 잘못됐다. 조철승 과장은 무작정 가게로 들어와 아예 노골적으로 자이언츠 입단을 권했다. 제도상 계약서를 쓸 수는 없다면서도 구두로나마 확답을 해주길 바랐다.

그러면서 강동원이 자이언츠에 입단하지 않는다면 뭔가 상당한 불이익을 당할 것 같다는 말을 흘려 어머니의 기분을 상하게 했다.

그러나 정작 조철승 과장은 자신이 무슨 이야기를 했는지 거의 기억하지 못했다. 강동원뿐만 아니라 자이언츠가 데려올 만한 유망주들의 부모님을 만나 사전에 물밑작업을 하는 게 그의 역할이었기 때문이다.

"참, 어머니. 생각은 좀 해보셨습니까?"

조철승 과장이 물을 한 모금 마시며 물었다. 일부러 사나흘 생각할 시간을 줬으니 어머니의 입장도 조금은 달라졌을서라 여겼다.

하지만 어머니의 대답은 한결 같았다.

"그건 전에도 말씀드렸다시피 제 아들이 결정할 일이에요. 저에게 이렇듯 말씀을 하셔도 소용이 없어요."

"그래도 강동원 선수 보호자는 어머니 아니십니까? 어머니의 결정이면 강동원 선수도 따를 테고요. 안 그렇습니까?"

"전 이런 거 잘 모른다니까요?"

"그러니까 절 믿고 맡겨주십시오. 제가 설마 강동원 선수에게 해코지하려고 이러겠습니까?"

조철승 과장이 실없이 웃어댔다.

하지만 저 웃음이, 노골적으로 자신을 비웃는 듯한 저 웃음이 어머니는 너무나 싫었다.

"어쨌든 저는 모르겠으니까 동원이하고 이야기하세요."

"아이고, 어머니. 강동원 선수도 저희 자이언츠에 오고 싶어 한다니까요."

"그걸 어떻게 확신하시는데요?"

"지난번 인터뷰 때 그랬습니다. 강동원 선수가 가고 싶어하는 구단이 바로 저희, 자이언츠라고 말이죠."

"그건 옛날이야기잖아요."

"옛날이라니요. 어머니. 몇 달 안 지났습니다. 그리고 운동선수는 대부분 연고 구단에 들어가고 싶어 합니다. 그걸 잘 아시면서 그렇게 말씀하시면 좀 섭섭합니다, 어머니."

조철승 과장이 또다시 분위기를 잡았다. 마치 자신의 말을 듣지 않으면 좋을 게 없다는 고압적인 태도에 어머니의 표정도 굳어졌다.

"어쨌든 저는 동원이가 원하는 곳으로 갔으면 하는 바람이에요. 그리고 전 동원이한테서 자이언츠에 가고 싶다고 한 이야기, 단 한 번도 들어본 적이 없네요."

"어머니, 왜 그러세요. 여기는 부산입니다. 부산하면 롯데 자이언츠구요. 부산에서 야구하는 고등학생이라면 응당 자이언츠에 와야 하는 겁니다. 왜 그걸 모르십니까?"

조철승 과장의 주장은 말 그대로 궤변에 가까웠다.

하지만 이런 억지 주장이 선수 뒷바라지 하느라 정신이 없는 부모들에게는 제법 잘 먹혀들었다.

조철승 과장의 눈에는 강동원의 어머니도 부산 변두리 가게에서 장사하는 무식한 아줌마로밖에 느껴지지 않았다.

하지만 어제 박동휘를 만난 탓일까.

어머니는 더 이상 조철승 과장에게 휘둘릴 생각이 없었다.

"부산에서 학교 다니면 무조건 자이언츠에 가야 한다고 누가 그러던가요? 법으로 정해져 있기라도 한가요?"

"그건…… 아닙니다만 관례적으로……."

"그거야 예전 이야기잖아요. 그럼 뭐 하나 물어볼게요. 지금 사이언츠에 서울이나 대전에서 온 선수는 한 명도 없나요? 광주에서 온 선수 없어요?"

"그게……."

"거봐요. 있잖아요. 다른 지역 선수들도 충분히 자이언츠에 들어올 수 있잖아요. 그럼 우리 동원이도 자이언츠가 아니라 다른 구단으로 갈 수 있는 거잖아요."

어머니가 흥분해 따져 물었다.

그러자 조철승 과장이 당황하더니 재빨리 어머니의 말을 잘라 버렸다.

"자, 잠깐만요. 어머니. 지금 그 말씀은…… 설마 다른 구단하고 계약을 하셨단 말씀인가요?"

"그런 이야기 한 적 없는데요."

"계, 계약이야 물론 하지 않으셨겠지만 다른 구단에서 또 누가 찾아온 거죠? 그렇죠?"

"하아……."

"누굽니까? 어디예요? 어머니! 제가 지난번에 말씀드렸잖아요. 아무 구단 사람하고나 만나면 큰일 납니다. 강동원 선수 프로에 못 가게 될 수도 있어요!"

조철승 과장이 프로야구 규정을 들먹이며 어머니를 겁박했다.

하지만 어머니도 더 이상 당하고만 있진 않았다.

"그럼 그쪽은요? 이렇게 찾아오는 거 안 되는 거 아니에요?"

"아니죠. 저희는 다른 구단하고 다릅니다."

"뭐가 다른데요?"

"아시다시피 해명 고등학교는 저희 자이언츠의 연고 고등학교이고⋯⋯.”

“1차 지명 끝났잖아요.”

“⋯⋯예?”

“연고 학교에서 선수 선발하는 거 1차 지명이 끝이라면서
요. 그럼 자이언츠에서도 이런 식으로 찾아오면 안 되는 거
아니에요?”

어머니는 어제 박동휘에게 전해 들은 말들을 기억해 냈다
가 고스란히 되갚아주었다.

그동안 규칙적인 부분을 잘 모른다는 이유만으로 조철승
의 말도 안 되는 소리를 꾹 참고 들어줬다는 게 억울할 지경
이었다.

하지만 조철승 과장은 이 와중에도 어머니가 다른 구단과
만났다는 의심을 지우지 못했다.

“누가 그런 소리 합니까? 다이노스입니까, 위즈입니까?”

“아무도 안 만났다니까요.”

“거짓말하지 마십시오. 분명 그자들이 이렇게 하라고 어
머니를 부추긴 거 아닙니까.”

“하아⋯⋯ 됐어요. 입 아프니까 그만 돌아가세요.”

어머니가 고개를 절레절레 흔들어 댔다. 말이라도 통하는
상대라면 앉혀 놓고 조곤조곤 이야기라도 하겠지만 조철승
과장 같은 막무가내는 살다 살다 처음이었다.

그러나 조철승 과장도 이대로 물러설 수는 없었다.

2차 드래프트(신인 드래프트)가 코앞까지 다가온 현재 자이언츠의 최우선 목표는 다름 아닌 강동원이었다.

강동원이 봉황기 노히트노런을 달성했을 때까지만 해도 강동원의 1라운드 지명은 거의 확정적이었다.

이미 1차 지명에 대한 논의가 끝난 상태라 그것까지 뒤집진 못했지만 1차 지명과 다름없는 2차 지명 1라운드 선발은 강동원으로 확정이 된 상태였다.

그런데 강동원이 봉황기 이후 다소 주춤하면서 내부적으로 부상의 여파는 아닌가 하는 의심이 커졌다.

그래서 2라운드 이하 지명으로 방향을 바꾸고 다른 선수와 접촉을 시도하려는데 뜬금없이 세계 청소년 야구 선수권 대회에서 빵 하고 터지고 말았다.

자이언츠 내부적으로도 강동원을 다시 1라운드에 지명해야 한다는 이야기가 많았다.

하지만 이미 1라운드 선발자를 내정한 상황에서 원칙을 뒤집을 수 없다는 의견도 적지 않았다.

무엇보다 강동원을 1라운드로 뽑은 이후에 계약 문제가 걸렸다.

강동원 정도라면 신인 최고 계약금이라는 7억에 준한 조건을 요구할 터.

강동원을 그렇게 줘버리면 아직 계약이 끝나지 않은 1차 지명 대상자 또한 그만한 돈을 안겨줄 수밖에 없었다.

어디 그뿐인가. 강동원 이하 나머지 지명자들 모두 강동원을 기준으로 해서 몸값을 올릴 게 뻔했다. 그래서 자이언츠는 조철승 과장에게 중대한 임무를 맡겼다. 강동원을 2라운드에 데려갈 수 있도록 미리 손을 쓰라는 것이었다.

강동원을 2라운드에 지명하고 1차 지명자와 1라운드 지명자에게 적당한 계약금을 안겨준다면 강동원도 어쩔 수 없이 그 이상 욕심을 내지 못할 거라고 판단한 것이다.

조철승 과장도 충분히 실현 가능한 시나리오라고 생각했다. 강동원 주변에는 홀어머니밖에 없으니 어머니를 설득하기만 한다면 강동원도 어쩌지 못할 거라고 여겼다.

하지만 어머니는 더 이상 조철승 과장이 우습게 알던, 아무것도 모르는 어머니가 아니었다.

"그리고 이런 말씀은 안 드리려고 했는데, 우리 아들, 어제 결정을 내렸어요."

"네에? 결정이라고요? 대체 어딥니까? 다이노스입니까?"

조철승 과장이 눈을 크게 뜨며 물었다.

"국내 구단 아니에요. 미국으로 가기로 했어요."

"에에? 미국요?"

어머니의 말을 들은 조철승 과정은 당황스런 표정이 되었

다. 설마하니 이 상황에서 메이저리그 이야기가 나오리라고
는 생각하지 못한 모양이었다.

"미국이라니요? 그게 무슨 말이죠?"

"말 그대로예요."

"어머니, 제 말 잘 들으세요. 어디서 무슨 말을 들으셨는
지 몰라도 크게 잘못 판단하시는 겁니다. 미국에 가면 다 메
이저리그 선수가 될 것 같죠? 아닙니다. 미국 야구가 얼마나
골 때리냐면요. 메이저리그에 올라가기 위해서는 루키 리그
부터 시작해 싱글 A 리그, 더블 A 리그, 트리플 A 리그를 거
쳐야 합니다. 그 많은 리그를 올라가며 경쟁하고, 거기서 살
아남아야만 메이저리그에 올라갈 수 있습니다. 이 구조를 뚫
고 메이저리그를 가는 것은 절대 쉬운 게 아닙니다. 한마디
로 낙타가 바늘구멍을 통과하는 것이나 다름이 없습니다."

조철승 과장은 최대한 메이저리그에 대해서 안 좋은 소리
만 잔뜩 늘어놓았다.

"또한 그곳은 난다 긴다 하는 천재들이 모여 있는 곳입니
다. 현재의 강동원 선수의 실력으로는 절대 경쟁을 뚫고 올
라가기 힘듭니다. 게다가 우리나라 대부분의 고등학교 선수
는 대부분 헐값으로 미국에 가는 경우가 많습니다."

"돈은 상관없어요."

"제 말 끝까지 들어보세요, 어머니. 저희 구단에서도 강동

원 선수가 메이저리그에 진출한다면 전적으로 밀어줄 의사가 있습니다. 하지만 그전에 프로에서 충분히 실력을 쌓은 후 도전을 해도 늦지 않는다고 판단합니다. 강동원 선수가 메이저리그에 가서도 제 실력을 발휘할 수 있도록 저희 자이언츠가 키울 수 있습니다."

조철승 과장은 메이저리그보다 국내 프로 무대에서 활약하는 게 더 낫다고 어머니를 설득했다. 은연중에 강동원의 실력도 깎아내렸다.

당연하게도 어머니의 표정은 좋지 않았다.

하지만 조철승 과정은 거기서 멈추지 않았다.

"어머니 잘 생각해 보시기 바랍니다. 지난번에 말씀드렸듯이 우리 자이언츠는 강동원 선수를 2라운드에 지명할 생각입니다. 물론 1라운드에 지명하지 못한 걸 애석하게 생각하지만 1라운드에 지명한 것과 마찬가지로 충분히 좋은 대접을 해줄 생각입니다. 아, 물론 계약금에서 조금 차이는 날 수 있겠죠. 하지만 그리 많은 차이는 아닐 겁니다. 어머니, 그 계약금으로 조금 더 좋은 가게로 옮겨야 하지 않겠습니까? 그러니 다시 한번 잘 생각해 보시고……."

조철승 과장이 열심히 설명을 했지만 어머니의 마음은 이미 정해져 있었다.

"됐어요. 이미 정했다고 말씀드렸잖아요. 그러니 돌아가세요."

"어머니! 그러다 후회하십니다. 아들 인생 망치는 거라고요."

그 한마디에 어머니의 표정이 잔뜩 일그러졌다.

그럴수록 어제 찾아온 박동휘와 조철승 과장의 말이 더욱 비교가 되었다.

박동휘는 강동원의 실력과 재능을 높이 평가하며 메이저리그에서도 꼭 성공할 수 있다고 말했다. 그 말을 100퍼센트 신뢰하지는 않았는데 조철승 과장의 말을 듣고 보니 자존심이 상해서라도 메이저리그에 보내야겠다는 오기가 들었다.

"난 우리 아들 선택을 존중해요. 절대 후회하지 않아요."

"어머니 다시 한번 잘……."

"생각할 것도 없어요. 계속 그런 말씀하실 거면 돌아가세요."

"이대로 정말 아들 인생 망치실 겁니까!"

조철승 과장이 더는 참지 못하고 소리쳤다.

그때 가게 문이 드르륵 열리며 강동원이 들어왔다. 그러다 조철승 과장과 딱 눈이 마주쳤다.

"누구세요?"

"아, 반갑네. 난 자이언츠에서 나온 조철승이라고 하네."

조철승 과장이 냉큼 표정을 바꾸며 명함을 내밀었다.

그때 어머니가 단호하게 말했다.

"됐어, 인사할 필요 없다. 지금 나가실 분이야."

"거참! 어머니, 이러다 정말 크게 후회하십니다. 이런 좋은 기회를……."

"됐다고 했잖아요. 그러니 어서 가세요."

"이번이 마지막이에요. 저 쫓아내시면 다시는 기회 없습니다."

조철승 과정은 강동원이 보는 앞에서 어머니를 다그쳤다.

그렇게 하면 강동원이 나서서 어머니를 만류할 거라 여겼다.

하지만 그 예상은 완전히 빗나갔다.

"방금 뭐라고 하셨어요? 후회요? 기회가 없다? 지금 협박하는 겁니까? 자이언츠에서는 이런 식으로 선수를 데려가는 겁니까? 됐어요. 나가세요. 전 자이언츠에 갈 생각 없습니다."

강동원이 시뻘게진 얼굴로 조철승 과장을 가게 밖으로 쫓아냈다.

조철승 과장은 뒤늦게 아차 싶었다. 하지만 이제 와 말을 수워 담기에는 너무 먼 길을 와버렸다.

"이, 이봐, 강동원 선수. 정말 자이언츠에 오기 싫어? 우리가 아니면 자네 받아줄 곳이 있다고 생각해?"

"됐습니다. 그중에 자이언츠는 없다고 생각하네요. 그럼 안녕히 돌아가십시오."

"젠장!"

조철승 과장의 얼굴이 일그러졌다. 그는 잠깐 동안 가게 문을 바라보더니 이내 몸을 돌렸다.

그 모습을 먼발치서 지켜보는 인물이 있었다. 바로 다이노스 스카우트 담당자 최태욱 과장이었다.

"후후후, 조철승이가 이대로 쫓겨나는 거야? 그래, 의욕도 좋지만 그렇게 막가파식으로 나가면 안 되지. 부산에 있는 선수가 전부 자이언츠로 갈 거라는 생각을 버려야 해. 지금 시대가 어떤 시대인데……."

최태욱 과장은 그 모습을 지켜보며 신나했다.

"후후후, 이거 잘하면 아주 쉽게 강동원 선수를 데려올 수 있겠어."

그는 벌써부터 강동원을 영입한 것처럼 말을 하고 있었다. 떡 줄 사람은 생각도 하지 않고 있는데 말이다.

한편 가게로 들어온 강동원은 어머니 앞에 섰다.

"저 사람 언제부터 왔었어요?"

"으응, 아니야. 됐어, 신경 쓰지 마."

"엄마!"

강동원이 자신도 모르게 목소리를 높였다. 자기 때문에 어머니가 지금껏 이런 수모를 당했다는 사실에 화가 나 참을 수가 없었다.

하지만 어머니는 그런 것에 전혀 개의치 않았다.

"괜찮대도. 이제 그 사람 다시는 오지 않겠지. 오더라도 무시하면 돼. 그건 이 엄마 몫이야. 넌 그저 운동에만 신경 써."

"미안해요, 엄마. 에이전트에 말해놓을게요."

"에이, 괜찮대도."

"제가 괜찮지 않아요."

"알았어. 알았으니까 어서 앉아. 배고프겠다."

어머니는 강동원을 자리에 앉혔다. 그리고 시뻘건 김치찌개를 내왔다.

"어서 먹어. 배고프겠다."

강동원은 입을 꾹 다물고 수저를 들었다. 그리고 짜디짠 김치찌개를 군말 하지 않고 입안에 밀어 넣었다.

'두고 보자.'

테이블 위에 올려 진 강동원의 왼 주먹에 잔뜩 힘이 들어갔다.

그렇게 강동원의 결심도 더욱 확고하게 굳어졌다.

18장
쇼케이스

1

그로부터 사흘의 시간이 흘러갔다.

그리고 서울 그랜드 호텔에서 대망의 2017년 신인 드래프트가 시작되었다.

"자, 그럼 지금부터 2017 프로야구 신인 드래프트 선발이 있겠습니다. 시즌 성적 역순에 따라 위즈부터 1라운드 선수를 호명해 주시기 바랍니다."

사회자의 말이 떨어지기 무섭게 각 팀의 감독들은 분주히 자신이 데려갈 선수들의 이름을 호명했다. 역시나 프로 팀 감독들은 눈여겨 둔 선수를 뺏기지 않으려 열심히 선수 명단을 체크해 대며 입을 움직였다.

"저희는 그럼 이 친구 말고 이쪽을 노려보는 게……."

감독들의 신경전은 대단했다. 구단주와 바쁘게 통화하는 이가 있는가 하면 막상 눈여겨봤던 선수가 드래프트 명단에 없자 한쪽에선 항의가 쏟아지기도 했다. 그러자 위원회 사람 몇몇이 중재에 나서는 모습도 보였다.

"이거 이대로만 가면 내년 시즌엔 정말 기대해 봐도 되겠는데요? 국제 대회도 한국이 우승했겠다. 신인들 대거 영입했겠다. 점점 재밌어집니다."

"그래 봤자 신인들인데 그게 뭐 대수라고……. 어이, 김 감독, 그나저나 자네는 누굴 찍을 텐가? 역시 강동원인가 하는 그 친구겠지?"

"흐음, 글쎄……. 이번에 경남 쪽에선 워낙 특급인 애들이 많아서 고민일세."

이윽고 자이언츠의 차례가 됐다. 자이언츠의 김 감독은 마지막까지 고민한 끝에 투수 강동원이 아닌 부성고 3학년 타자를 뽑았다.

"호오? 천하의 김 감독이 1라운드에서 투수를 버리고 타자부터 뽑으셨겠다?"

다른 팀의 감독은 모두 의외라는 눈치로 김 감독을 쳐다봤다.

하지만 김 감독은 쓴웃음을 지을 뿐 아무 말도 하지 않았다.

그러자 다이노스가 이때다 싶어 곧바로 강동원을 1라운드로 지목했다. 그러자 자이언츠 관계자들이 벌떡 자리에서 일어나며 소리쳤다.

"아니, 이게 무슨 짓이야. 당신네들은 상도덕도 없나!"

"우리는 뭐 강동원 선수 지명할 줄 몰라서 안 한 줄 알아?!"

"기본적인 예의라는 게 있어야지!"

자이언츠 쪽에선 그렇게 으르렁거렸지만 정작 다이노스 관계자들은 태평했다. 애당초 지역 라이벌 구도다 보니 자이언츠가 뭐라고 떠들던 담담한 표정으로 앉아 있을 뿐이었다.

하지만 정작 문제는 따로 있었다. 바로 강동원이 드래프트 자리에 나오지 않은 것이었다.

"강동원 선수? ……이 자리에 없으신가요?"

다이노스가 강동원을 지목해서 불러댔지만 애초에 당사자가 참석하지 않았으니 대답이 들려올 리 만무했다.

"뭐야 어떻게 된 거야?"

"강동원 없어?"

"아까 온 거 확인했다며!"

"그, 그게 분명 코치가 오고 있다고 말 했는데…….'

웅성웅성!

순간 다이노스 구단 직원들이 당황하기 시작했다. 강동원이 참석하지 않은 것을 뒤늦게 알아차린 것이었다.

"푸하하하! 꼴좋네, 다이노스. 누가 공룡 마크 아니랄까봐 머리 굴리는 것도 공룡만 하네."

자이언츠의 김 감독은 내심 안도한 표정으로 다이노스 감독에게 비웃음을 날렸다. 다이노스 관계자가 부랴부랴 강동원의 핸드폰으로 전화를 걸어댔다. 하지만 좀처럼 통화가 연결되지 않았다.

"강동원은 대체 어디 있는 거야!"

"그, 그게 지금 확인해 보고 있습니다!"

"지금 장난해? 1라운드 지명자가 없다고! 그게 무슨 소리인 줄 알아?"

"죄, 죄송합니다. 분명히 나올 것 같았습니다."

"뭐어? 나올 것 같았다고? 그게 말이야 방구야!"

다이노스 감독이 노발대발하며 언성을 높였다. 다른 한편에서는 구단 관계자가 직원을 닦달해 댔다.

"뭐야? 받았어?"

"그게…… 아까부터 저희 쪽에서 전화를 하고 있는데 안받는 상황입니다."

"뭐, 인마? 지금 장난하는 거야? 이 자리가 어떤 자린데 그걸 말이라고!"

강동원이 드래프트에 참여하지 않았다는 사실이 최종 확인되자 급기야 다이노스 감독은 뒷목까지 잡아댔다.

"당장 가서 강동원이 찾아! 내 앞에 딱 데려와! 어서! 빨리 빨리 움직여!!"

하지만 정작 당사자인 강동원은 이러한 사실은 알지도 못한 채 긴장한 모습으로 서 있었다. 그 옆엔 에이전트 박동휘도 함께 있었다. 둘은 인천공항에서 미국행 항공 수속을 밟고 있는 중이었다.

"동원아, 여권 잘 챙겼니?"

"네."

강동원이 살짝 긴장된 목소리로 답했다.

"동원아, 너무 걱정하지 마. 내가 그쪽엔 다 얘기해 놨고, 이번엔 내가 같이 움직이는 거니까. 다 잘될 거다."

박동휘가 강동원의 어깨를 꼭 잡으며 말했다. 강동원도 조금 긴장감이 풀렸는지 희미하게 웃어 보였다.

❷

드래프트가 시작되기 하루 전, 에이전트인 박동휘로부터 다급히 연락이 왔다.

메이저리그에서 초대장이 왔다는 것이었다.

"강동원 선수, 아마도 내일 바로 출국해야 될 것 같아요."

갑작스럽게 잡힌 일정임에도 불구하고 박동휘는 언제든지 강동원이 출발할 수 있도록 여권이며 비행기표까지 미리 다 준비 해 놓은 상태였다. 강동원은 이런 박동휘의 철저한 준비성에 또 한 번 놀랐다.

"내일이요?"

"네, 조금 빠르지만 일단은 짐만 꾸려서 바로 가야겠습니다."

강동원은 그 때부터 밤잠을 설쳐야 했다. 부랴부랴 짐을 싸는 것도 있지만 메이저로 간다는 사실이 아직은 꿈만 같았기 때문이다.

솔직히 박동휘도 메이저리그 구단들의 빠른 결정에 놀란 상태였다. 드래프트 이후에나 연락이 올 줄 알았던 구단들이 강동원을 국내 구단에 빼앗기지 않겠다며 먼저 손을 내밀었다.

이번에 강동원을 직접 눈으로 확인하고 싶다는 의사를 밝힌 메이저리그 구단은 세 팀이었다.

다저스, 매리너스 그리고 자이언츠.

이 세 팀이 강동원의 미국 합동 쇼케이스에 참여하겠다고 통보한 것이다.

3학년으로서 시즌이 끝난 상황에서 더 이상 강동원의 몸 상태를 체크할 방법이 없었다. 그렇다고 개별 쇼케이스를 열어주는 건 구단 입장에서 부담스러울 수밖에 없었다.

그래서 박동휘는 아예 강동원을 노리는 구단들에게 합동 쇼케이스를 진행하자는 게 어떻겠냐며 말을 꺼냈다. 그리고 세 구단 모두 박동휘의 제안에 흔쾌히 동의를 해주었다.

박동휘는 곧장 강동원에게 전화를 걸어 쇼케이스에 대한 이야기를 전하며 의사를 물었다. 강동원은 생각할 것도 없이 곧바로 고개를 끄덕였다.

그렇게 번갯불에 콩 구워먹듯 강동원의 미국행이 결정됐다.

'이제부터가 진짜 시작인가?'

강동원은 결의에 찬 표정으로 박동휘의 뒤를 따랐다. 이제 와 망설일 이유는 아무것도 없었다. 목표가 정해졌으니 그 목표를 향해 한 발, 한 발 나아갈 뿐이었다.

이제 더 이상 강동원은 과거에 얽매일 생각이 없었다. 자신이 과거로 회귀해서 미래가 바뀐 만큼, 이제부터는 아무도 모르는 자신의 인생을 살아 나갈 차례였다.

'그래, 이제 새롭게 개척해 나가는 거야.'

강동원은 스스로에게 다짐을 했다. 그렇게 모든 수속을 마친 뒤 비행기를 타기 위해 게이트로 향했다.

"표 확인해 드리겠습니다."

박동휘를 따라 강동원이 티켓과 여권을 스튜어디스에게 내밀었다.

승무원이 표를 확인하는 동안 강동원은 창밖을 바라봤다. 비록 어머니는 식당 일을 핑계로 같이 오지 않았지만 한국에서 쇼케이스 결과를 마음 졸이며 지켜보고 있을 것 같았다.

"다녀올게, 엄마."

강동원이 나직이 중얼거렸다.

그 소리를 들은 것일까.

"편안한 여행 되십시오."

스튜어디스가 가볍게 웃으며 강동원에게 여권과 티켓을 돌려주었다.

🎧

거의 한 나절을 날아 LA에 공항에 도착을 했을 때는 이미 달밖에 안 보이는 컴컴한 밤중이었다.

"드디어 도착이구나."

강동원은 현지 시차에 맞게 시곗바늘을 살짝 돌리며 중얼거렸다. 때마침 박동휘 에이전트가 준비해 둔 고급진 승용차 한 대가 공항 앞에 도착했다.

"타시죠, 강동원 선수."

"오…… 무리하신 거 아니에요?"

"무리는요. 이 동네에선 생각보다 쉽게 빌릴 수 있어요."

"아, 그래요?"

강동원이 씩 웃으며 차를 탔다. 그리고 잠시 후 차가 호텔 앞에 멈춰 섰다.

늦은 시간이라 그런지 호텔 주변은 조용하기만 했다. 불이 켜져 있는 객실도 손에 꼽힐 정도였다.

"짐은 방으로 올려주시고 강동원 선수는 절 따라오세요. 괜히 엄한 데로 가지 마시고요."

박동휘가 차에서 내리며 말했다. 뒤에선 주차 요원으로 보이는 남자가 헐레벌떡 뛰어와 차키를 받았다. 그러고는 이내 주차장 쪽으로 차를 몰았다.

"저 어린 애 아니거든요?"

강동원이 피식 웃었다.

하지만 그것도 잠시.

"와우!"

호텔 로비로 들어서자 강동원의 눈이 휘둥그레졌다. 천장에는 고풍스런 분위기의 금빛 샹들리에가 크게 매달려 있었다. 바닥엔 화려한 문양이 수놓아진 대리석. 게다가 로비 중앙엔 분수대까지 자리하고 있었다.

"와우……!"

강동원이 다시금 감탄을 내뱉었다. 밖에서 볼 땐 못 느꼈지만 족히 5성급은 되어 보이는 호텔 같았다.

그렇게 강동원이 분수대 장식에서 눈을 떼지 못하고 있을 때 박동휘가 다가왔다.

"강동원 선수, 뭐 해요?"

"아, 미안해요. 잠깐 정신이 팔려서."

"아니에요. 수속은 끝났으니까 일단 쉬죠. 이게 우리 방 키입니다. 짐은 알아서 가져다줄 겁니다."

강동원은 카드로 된 키를 건네받았다. 박동휘는 체크인 체크아웃 시간을 확인하기 위해 데스크에 좀 더 머물렀다. 그 사이 강동원은 방으로 올라가기 위해 엘리베이터를 탔다.

"어디 보자, 1506호였던가."

강동원이 긴 보도를 따라 한참을 걸어서 방 번호가 쓰인 문 앞에 도착했다.

지이잉.

—볼일이 있어서 잠시 나갔다올게요. 먼저 쉬고 있으세요.

박동휘에게서 온 문자 메시지였다. 아마도 강동원의 핸드폰으로 해외 로밍까지 모두 끝낸 상태인 듯 했다.

"누가 전직 기자 아니랄까 봐 정말 일처리 하나는 깔끔하네.”

강동원은 박동휘의 준비성에 다시 한번 감탄했다. 이런 소소한 것들까지 챙겨주니 선수들도 다들 에이전트를 곁에 두는 모양이었다.

“그건 그렇고…… 방이 좀 넓어야 할 텐데.”

강동원이 기대 어린 얼굴로 문고리에 카드를 가져다 댔다.

순간 철컥 소리와 함께 문이 열렸다.

강동원은 조심스럽게 객실 문을 열었다. 그러고는 자신도 모르게 입을 쩍 하고 벌리고 말았다.

침대만 딸랑 두 개 놓인 방이 아니라 각각 분리된 두 개의 방에 커다란 거실까지 완비된 스위트룸이었다.

영화에서 봤던 호화로운 수준까진 아니었지만 메이저리그 구단과 계약하는 것도 아니고 고작 쇼케이스를 치르기 위해 미국에 온 것치고는 확실히 과분하게 느껴졌다.

–방이 너무 좋은 거 아니에요?

강동원이 냉큼 박동휘에게 문자를 보냈다. 그러자 박동휘가 다른 일을 보고 있는지 짧게 답장을 보냈다.

–지인 찬스 무료 업글

"아, 참. 미국에 아는 사람이 많다고 했지?"

문자를 확인한 강동원이 씩 웃었다. 지난번에 듣기로 박동휘는 미국에서 5년 가까이 유학을 했다고 한다. 그러다 한국에 돌아와 잠시 기자 밥을 먹었지만 적성에 맞지 않아 본래 하고 싶었던 에이전트로 옷을 갈아입게 됐다며 웃었다.

"그래, 다른 걱정 말고 쇼케이스 준비만 잘하자."

강동원이 애써 걱정을 털어냈다. 그러고는 옷을 벗은 뒤 럭셔리한 욕실로 걸음을 옮겼다.

4

욕조에 물을 받아놓고 느긋하게 전신욕을 한 뒤 강동원은 가벼운 차림으로 나와 창가 앞에 섰다.

투명한 창문 너머로 호텔 건너편에 있는 LA 시내가 한눈에 들어왔다.

네온사인은 한국처럼 화려하지 않았다. 하지만 왠지 모를 웅장함이 느껴졌다.

LA는 인구만 400만에 육박하는 대도시다. 그 중심가를 내려다보고 있자니 강동원은 자신도 모르게 묘한 설렘에 빠져들었다.

"드디어 한 발짝 내디뎠어. 메이저리그에."

강동원이 뜨거워진 숨을 내쉬었다. 자연스럽게 심장이 두근두근 뛰기 시작했다.

샤워를 마치기 전까지만 해도 조용했던 심장이었다. 하지만 창가를 통해 LA의 전경을 내려다 보니 비로소 자신이 미국에 왔다는 사실이 실감이 났다.

야구의 성지.

모든 야구인들의 꿈.

바로 메이저리그!

그 메이저리그에 도전하기 위해 강동원은 이곳 LA에 와 있는 것이었다. 그러니 흥분이 주체가 되지 않았다. 마음 같아선 당장 야구공을 손에 쥐고 싶을 정도였다.

하지만 메이저리그 구단들과 약속된 쇼케이스는 사흘 뒤였다. 지금은 일단 여독을 푼 뒤 컨디션을 끌어올려야 했다.

"기다려라, 메이저리그! 나 강동원이 왔다."

강동원이 두 팔을 벌리며 크게 소리를 내질러 보았다. 뒤늦게 다른 사람들이 항의를 할지도 모른다는 생각이 들었지만 다행히도 주변은 조용하기만 했다.

"후우……. 이만 한숨 자볼까?"

잠시 뒷머리를 긁적거린 뒤 강동원이 바로 몸을 돌렸다.

그리고 푹신한 침대에 엉덩이를 대고 걸터앉았다.

부드러운 감촉의 침대였다.

"역시 비싼 호텔은 침대도 좋단 말이야."

강동원은 씩 웃으며 침대에 누워보았다. 그리고 얼마가지 않아 스르륵 잠에 빠져들었다.

5

쇼케이스가 열리는 이른 아침.

"좋아. 이제 가보실까?

강동원은 장비를 챙겨 방을 나섰다.

"편히 주무셨습니까?"

엘리베이터 근처에서 기다리고 있던 박동휘가 냉큼 다가와 짐을 들었다. 딱히 무겁진 않았지만 컨디션 유지를 위해 강동원도 군말 없이 가방을 넘겨주었다.

"그런데요……."

"네, 강동원 선수. 하실 말씀이라도 있으세요?"

"다른 게 아니라 이제는 말씀 편히 하셔도 될 거 같은데요."

강동원이 넌지시 권했다. 박동휘가 외국물을 오래 먹었다곤 하지만 열다섯 살이나 차이가 나는데 꼬박꼬박 존대를 듣고 있기 어색하기만 했다.

"하하하, 그건 차차 하겠습니다."

박동휘도 싫지는 않은 듯 씩 웃었다. 하지만 지금은 호칭 문제를 정리할 때가 아니었다.

"그보다 오늘 컨디션은 어때요?"

"푹 자서 그런지 몰라도 좋은 거 같아요."

"역시 좋은 호텔이라 다르죠?"

"네, 그래서 앞으로가 더 걱정이에요. 들어보니 마이너리 그 선수들은 버스에서 자야 한다던데……."

메이저리그 구단들의 관심 속에 미국으로 오긴 했지만 계약을 하더라도 마이너리그에서 시즌을 시작해야 한다는 건 달라지지 않았다.

요즘 추세대로 국내 프로야구에서 좋은 성적을 거두고 메이저리그에 진출해도 25인 로스터를 보장받기 쉽지 않은 상황이었다.

이제 겨우 고등학교를 졸업한, 경험이 부족한 강동원은 나중을 위해서라도 필수적으로 마이너리그를 거쳐야만 했다.

하지만 박동휘는 대수롭지 않게 웃어넘겼다.

"하하, 별걱정을 다 하십니다."

"……네?"

"강동원 선수는 금방 메이저리그에 올라올 겁니다. 그리고 이보다 더 좋은 호텔에서 생활하게 될 테고요. 그러니 그런 걱정은 안 하셔도 됩니다."

박동휘는 강동원의 마이너리그 생활이 그리 오래 걸리지 않을 거라 확신했다. 에이전트로서의 개인적인 의견만은 아니었다. 강동원을 보고자 하는 구단 관계자들 역시 강동원을 미래의 선발 투수감으로 염두에 두고 있는 상황이었다.

"그럼 오늘 더 잘 던져야겠는데요?"

강동원은 팔을 가볍게 돌렸다. 그러자 박동휘가 피식 웃으며 말을 이었다.

"참, 오늘 쇼케이스에 추가로 참가를 신청한 구단이 생겼습니다."

"네에? 그럼 구단이 넷인가요?"

"네, 그렇게 된 셈이죠."

"어딘데요?"

"그건 이동하면서 말씀드리겠습니다. 가시죠."

"네."

강동원은 박동휘가 미리 준비한 튼실한 SUV를 타고 쇼케이스장으로 이동했다. 그 안에서 새롭게 참가한 구단의 소식은 들었다.

뒤늦게 서신을 보낸 구단은 다름 아닌 에인젤스였다.

"에인젤스는 좀 아시나요?"

"뭐…… LA에 있는 구단이라는 것 정도?"

"유명한 타자도 있죠."

"아, 트라우스요?"

"네, 아마 지역 라이벌 구단인 다저스에서 강동원 선수에게 관심을 보이니까 호기심이 생긴 모양입니다."

"아…… 그럼 계약까진 무리겠네요."

"그건 모르는 일이죠. 어쩌면 강동원 선수에게 반해서 누구보다 열성적으로 계약하려 들지도 모르고요. 하지만 손해 볼 건 없지 않겠습니까? 이런 비유를 썩 좋아하진 않지만 구매자가 많을수록 조건은 좋아질 테니까요."

"그렇겠네요."

강동원이 피식 웃고 말았다. 박동휘의 말처럼 참관자가 더 늘어났다고 해서 나쁠 것은 없었다.

강동원은 차분한 얼굴로 차창 밖을 응시했다. 태평양 연안의 도시답게 거리 곳곳에는 비키니 차림을 방불케 하는 여성이 수두룩했다.

그렇게 강동원이 정신없이 길가의 사람들을 구경하는 사이.

부우웅.

SUV가 쇼케이스가 열리는 장소는 LA 인근의 한 야구장으로 들어섰다.

비공개로 치러지는 쇼케이스라서 기자들의 참관은 허락되

지 않았다.

몇몇 지역 일간지 기자가 박동휘에게 연락을 취해 왔지만 박동휘는 정중하게 거절했다. 언론 플레이도 좋지만 일단은 실력으로 평가받아야 한다는 게 기본적인 생각이었다.

넓은 운동장 한편에는 다저스와 자이언츠, 매리너스 그리고 새로 합류한 에인젤스 구단의 스카우터와 구단 관계자들이 거리를 벌려 자리 잡고 있었다.

"이거 떨리는데요?"

메이저리그 구단 관계자들의 시선이 자신을 향해 모여들자 강동원이 멋쩍게 웃었다.

만원 관중이 들어찬 도쿄돔에서 개최국인 일본을 상대로 공을 던졌을 때보다 지금이 더 긴장되는 것 같았다.

그러자 박동휘가 걱정할 것 없다며 말했다.

"오늘 쇼케이스 결과가 조금 나쁘다고 해도 신경 쓸 필요 없습니다. 저들은 다들 강동원 선수에 대해 제법 오랫동안 관찰을 해왔으니까요. 오늘은 그저 자신들의 생각과 기대치가 얼마나 맞아떨어지는지를 눈으로 확인하는 자리입니다. 그러니 마음 편히 던지십시오."

"네, 알겠어요. 그럼 저 옷 좀 갈아입고 나올게요."

강동원이 애써 웃으며 간이 로커 룸으로 향했다. 그사이 박동휘는 곧바로 메이저리그 구단 관계자들이 있는 곳으로 걸어갔다.

강동원은 분주하게 옷을 갈아입고 간단하게 스트레칭을 한 뒤에 그라운드로 나왔다. 제법 시간이 지나서인지 운동장 한쪽에서 몸을 풀고 있던 포수가 포수석 근처에서 대기하고 있었다.

"안녕, 내 이름은 마이클이야."

"마이클, 반가워. 난 강동원이야."

"강? 파이어리츠의 그 강?"

"뭐라고?"

"캉! 킹캉! 슈웅~! 하고 홈런을 때려내는 킹캉!"

"아, 강준호 선배님을 말하는 거지?"

"어, 그래. 준호! 킹캉! 내가 정말 좋아하는 선수 중 하나야. 너도 그 나라에서 온 거야?"

강준호 이야기가 나오자 포수 마이클이 흥분하며 떠들어 댔다. 하지만 애석하게도 강동원의 영어 실력은 랩처럼 떠들어 대는 말들을 알아들을 만큼 좋지 않았다.

"아, 강동원 선수. 미안해요. 내가 너무 늦었죠?"

뒤늦게 통역사로 보이는 사람이 마운드 쪽으로 다가왔다.

"아니에요. 그런데 마이클이 뭐라고 하는 거예요?"

"잠시만요."

통역사는 다시 한번 마이클의 호들갑스러운 강준호 사랑

을 전해 들은 뒤 강동원에게 전해 주었다.

"아…… 별 이야기 아니었네요."

강동원이 피식 웃었다.

"좀 수다쟁이 스타일인 거 같습니다."

통역사도 동의하듯 고개를 주억거렸다.

이후 강동원은 통역사의 도움으로 기본적인 사인을 주고 받았다.

"그러니까 초반에는 포심 패스트볼을 체크해 보고 싶다 이 거지?"

"그래."

"좋아. 변화구는 천천히 점검하자고, 친구."

마이클이 고개를 끄덕인 후 자신의 자리로 갔다.

"그럼, 강동원 선수. 저는 저쪽에 서 있을 테니까 필요하 면 언제든지 신호를 보내 줘요."

통역사도 뒤따라 마운드를 내려갔다. 그리고 강동원만이 오롯이 마운드를 차지했다.

마운드는 생각보다 매우 딱딱했다. 생각보다 관리가 잘된 마운드 같지는 않았다.

하지만 강동원은 당황하지 않았다. 이미 이런 변수쯤은 충 분히 예상하고 있었다.

강동원은 꼼꼼하게 마운드를 골랐다. 그렇게 약 2분여 동안 땅을 헤집자 흙이 조금은 부드럽게 바뀌었다.

"그래, 이 정도면 던질 만하겠어."

디딤발을 길게 뻗어본 뒤 강동원이 고개를 끄덕였다. 완벽하게 관리가 된 도쿄돔이나 전국 대회를 치르던 목동 구장에 비할 바는 아니지만 이 정도면 충분해 보였다.

마운드 점검을 끝낸 뒤 강동원은 로진백을 툭툭 두드렸다. 그리고 메이저리그 관계자 쪽을 슬쩍 바라봤다.

그러다 박동휘와 눈이 마주쳤다.

"강동원 선수!"

박동휘가 크게 강동원을 불렀다.

"네, 됐어요."

강동원이 가볍게 고개를 끄덕거렸다.

박동휘가 그 사실을 메이저리그 각 구단 관계자들에게 알렸다. 그러자 구단 관계자들의 표정이 진지하게 변했다.

"강동원 선수! 이제 시작하셔도 됩니다!"

박동휘가 다시 한번 소리쳤다.

"네!"

강동원이 길게 숨을 고른 뒤 마운드에 올랐다. 그리고 가장 먼저 포심 패스트볼 그립을 움켜쥐었다.

"좋아, 메이저리그를 향해 던지는 첫 번째 공이다."

주문처럼 혼잣말을 중얼거리며 강동원이 힘차게 투구판을

박차고 앞으로 나갔다.

후앗!

강동원의 손끝을 빠져나간 공이 곧장 포수 마이클의 미트를 향해 날아들었다.

그리고.

퍼엉!

묵직한 포구 소리가 운동장에 울려 퍼졌다.

메이저리그 스카우터들이 일제히 손에 들고 있던 스피드건을 바라보았다. 조금씩 차이는 있었지만 초구 구속은 94mile/h($\fallingdotseq$151.2km/h)이 찍혀 있었다.

"음······."

"엄청 빠르진 않는데."

"그냥 평범한 정도?"

스카우터 대부분이 고개를 주억거렸다. 강동원이 세계 청소년 야구 선수권 대회 결승전에서 보여주었던 퍼포먼스에 비한다면 94mile/h의 포심 패스트볼은 별다른 감흥이 없었다.

물론 강동원의 나이를 감안했을 때 나쁘진 않았다. 하지만 그렇다고 해서 감탄을 자아낼 정도는 아니었다.

강동원도 스카우터들의 반응은 신경 쓰지 않았다. 호텔에서 나오기 전에 충분히 몸을 풀었다곤 하지만 그렇다고 해서 곧바로 구속을 끌어올리는 건 위험한 일이었다.

강동원은 10구를 연속해서 포심 패스트볼만 던졌다. 구속도 94mile/h 정도를 유지했다.

"흠…… 빠르진 않지만 꾸준한데?"

"코스도 거의 비슷하게 들어오고 있어."

"제구도 괜찮고 무브먼트도 나쁘지 않은 거 같고."

"저런 공을 계속해서 던질 수 있다면야……."

스카우터들은 일제히 자신의 보고서에 뭔가를 적어 내렸다. 그 모습을 힐끔 바라보던 박동휘가 슬며시 미소를 머금었다.

포심 패스트볼의 점검이 끝나자 강동원은 슬라이더를 꺼내들었다.

강동원이 마운드에서 자리를 잡고, 그립을 고쳐 쥐었다. 그사이 포수 마이클도 잠시 엉덩이를 들썩거린 뒤 미트를 들어 올렸다.

'제발…… 긁혀라!'

속으로 주문을 내뱉으며 강동원이 힘껏 공을 내던졌다.

후앗!

강동원의 손끝을 빠져나간 공이 우타자의 바깥쪽 코스로 날아들었다. 그러더니 마지막 순간에 예리하게 꺾여 나갔다.

퍼엉!

흘러 나가는 공을 단단히 받쳐 들며 마이클이 고개를 주억 거렸다. 메이저리그 타자들을 제압할 만큼 무시무시한 느낌 까진 아니지만 슬라이더라는 구질의 본질에 충실한 무브먼 트였다.

'한 86마일쯤 되려나?'

마이클이 슬쩍 스카우터들 쪽을 바라봤다. 스카우터들의 스피드건에도 대략 85mile/h(≒136.8㎞/h)가 찍혔다.

'슬라이더도 괜찮은데?'

초구를 통해 자신감을 얻은 강동원은 연속해서 슬라이더 를 내던졌다.

전체적으로 구속은 82mile/h(≒132.0㎞/h)에서 87mile/h(≒ 140.0㎞/h) 사이를 오갔다.

하지만 정작 스카우터들은 별다른 반응이 없었다. 포심 패 스트볼에 곁들일 세컨드 피치로는 어울리지 않는다고 판단 한 것이다.

"강동원 선수!"

분위기를 살피던 박동휘가 재빨리 구종을 바꾸라며 사인 을 보냈다.

"쳇, 깐깐하기는."

강동원도 살짝 입술을 깨물고 그립을 바꿨다.

세 번째로 보여줄 공은 체인지업이었다.

슬라이더보다는 자신 있지만 생각만큼 자주 사용하지 않는 구종이기도 했다.

후앗!

다행히 손끝을 빠져나가는 공의 움직임은 좋았다. 평균 구속은 86mile/h(≒138.4㎞/h) 정도. 슬라이더와 비슷한 구속이었다.

"흠…… 뭐 슬라이더보다는 나은 것 같은데?"

"저 정도면 평균 수준이라고 봐야겠지?"

강동원이 던진 체인지업에 적잖은 스카우터가 나쁘지 않다며 고개를 끄덕였다. 하지만 일부 스카우터는 씁쓸히 고개를 가로저었다.

하지만 강동원은 실망하지 않았다. 아직 커브가 남아 있기 때문이었다.

체인지업 투구를 끝마친 강동원은 다시 한번 꼼꼼하게 마운드를 골랐다. 투구판부터 시작해 디딤발을 내딛는 곳까지 빠짐없이 다시 체크했다. 그리고 문제가 없다는 걸 확인하고서야 투구판에 올라섰다.

강동원의 준비가 끝나길 기다렸던 마이클이 조심스럽게 미트를 들어 올렸다. 그러자 강동원이 왼발을 크게 들어 올리더니 미트를 향해 있는 힘껏 공을 내던졌다.

후앗!

강동원의 손끝을 떠난 공이 큰 궤적을 그리며 홈 플레이트 쪽으로 날아갔다. 그러더니 마지막 순간에 폭포수처럼 뚝 하고 떨어져 내렸다.

"으앗!"

순간 마이클의 입에서 비명이 터졌다. 설마하니 이렇게 낙차가 큰 커브가 들어오리라고는 생각지도 못한 모양이었다.

그 바람에 마이클은 공을 가랑이 사이로 빠뜨리고 말았다. 어떻게든 미트를 움직여 공을 잡으려 했지만 도저히 커브의 무브먼트를 따라잡지 못했다.

"젠장. 이게 무슨 망신이야."

공을 놓친 마이클이 마스크를 벗어 던지며 공을 줍기 위해 뒤로 뛰어갔다. 그 모습을 지켜보던 스카우터들은 탄성을 내질렀다.

"그래! 바로 이 공이야."

"와우! 이거 직접 보니 장난이 아닌데?"

몇몇 스카우터는 박수까지 쳐 댔다. 그만큼 강동원의 커브는 훌륭했다. 낙폭도 크고, 포심 패스트볼과 구속 차이도 상당했다. 마지막에 좌타자 몸 쪽으로 붙는 듯한 움직임도 좋았다.

하지만 졸지에 알을 까버리고 만 마이클은 자존심이 상해 참을 수가 없었다.

'이젠 놓치지 않는다.'

마이클이 입술을 질근 깨물었다. 그리고 단단히 미트를 추켜들었다.

다행히도 마이클은 2구째 날아든 커브를 가까스로 잡아냈다. 예상보다 낙폭이 컸지만 초구를 본 덕분에 어떻게든 글러브에 집어넣을 수 있었다.

5개의 일 번 커브를 던진 뒤 강동원은 커브 그립을 살짝 변경해 잡았다. 그러자 커브의 움직임이 달라졌다.

후앗!

처음에는 포심 패스트볼의 느낌으로 날아들다가 마지막 순간에 뚝 하고 떨어졌다. 그런데 느낌은 확실히 커브였다.

"응?"

엉겁결에 공을 받은 마이클도 깜짝 놀랐다. 낙폭은 본래 커브보다 못했지만 홈 플레이트 앞에서의 무브먼트는 훨씬 좋아 보였다.

스카우터들도 깜짝 놀란 얼굴로 스피드 건을 살폈다.

4대의 스피드건에 찍힌 구속은 평균 86mile/h(≒138.4㎞/h).

"이 공은 뭐지? 슬라이더인가?"

"아니, 커브처럼 보였는데?"

"변형된 슬라이더겠지. 커브라고 하기에는 낙차가 그리 크지 않았잖아."

"슬라이더는 아까 던졌잖아. 조금 전까진 커브를 던졌고. 그럼 커브 아냐?"

"젠장, 무슨 공인지 모르겠네."

"커브면 어떻고 아니면 어때? 공은 확실히 좋잖아."

"그건 맞는 말이야."

스카우터들끼리 의견이 분분했다.

그때 박동휘가 나섰다.

"커브 맞습니다. 강동원 선수는 두 개의 각기 다른 성질의 커브를 구사할 수 있습니다."

"뭐? 커브가 두 개?"

"호오, 그렇습니까?"

"두 개의 커브라……."

"이거 흥미롭군요."

스카우터들의 펜이 다시 빠르게 움직였다. 그러는 동안 강동원은 커브의 투구를 모두 마쳤다.

"강동원 선수, 수고 많으셨습니다. 잠깐만 쉬었다 가죠."

박동휘가 강동원을 독려한 뒤 구단 관계자들의 표정을 살폈다. 스카우터들만큼이나 구단 관계자들의 얼굴은 나쁘지 않아 보였다.

"지금까진 좋아."

박동휘는 가볍게 주먹을 쥐어 보였다. 아직 안심하기에는 이르지만 쇼케이스가 성공적으로 끝날 것 같다는 생각이 들었다.

그렇게 1차 테스트가 끝이 나고 스카우터들과 구단 관계자들이 의견을 조율했다.

그러다 매리너스 스카우터와 구단 관계자들이 자리에서 일어났다. 아무래도 강동원 선수가 자신들의 팀과 맞지 않는다고 판단한 모양이었다.

하지만 나머지 세 팀은 제자리에서 꼼짝도 하지 않았다.

다저스, 자이언츠, 에인젤스.

이들은 강동원의 실전 투구를 지켜보겠다며 눈을 반짝거렸다.

"그럼 곧바로 2차 테스트를 시작합시다."

박동휘가 구단 관계자들을 향해 소리쳤다. 2차 테스트는 타자를 세워두고 진행하는 라이브 피칭이었다.

그러자 구석에 앉아서 강동원의 투구를 지켜봤던 건장한 사내가 타석에 들어섰다. 그는 LA 지역 대학에서 4번 타순을 치고 있는 앤드류 파커였다.

앤드류 파커는 내년에 대한 졸업 후 신인 드래프트에서 상위 라운드에 지명될 가능성이 높은 타자였다.

솔직히 이름도 모르는 동양인 투수의 쇼케이스에 도우미로 나서기에는 제법 유명했지만 자신이 선호하는 구단들이 참가한다는 말에 당초 제안을 받은 동료를 대신해 이 자리까지 오게 됐다.

'이봐, 코리안 보이. 내가 네 쇼케이스를 망쳐도 이해해 달라고. 나도 나름 사정이 있어서 말이야.'

앤드류 파커는 실실 웃으며 좌타석에 들어섰다. 그러자 좌타석이 가득 채워진 듯한 느낌이 들었다.

'역시 미국인이라 그런가 크네.'

190㎝가 넘는 앤드류 파커의 등장에 강동원이 쓴웃음을 지었다. 체격이 좋다고 무조건 좋은 타자가 되는 건 아니지만 하드웨어에서 오는 이점은 무시하기 어려울 정도였다.

'몸 쪽이 빠듯하겠어.'

머릿속을 정리하듯 강동원이 로진백을 주물럭거렸다. 그리고 다시 투구판을 밟자 마이클이 조심스럽게 사인을 냈다.

1차 테스트가 끝난 이후 강동원과 마이클은 따로 사인을 주고받았다.

쇼케이스의 목적상 강동원이 자신이 던지고 싶어 하는 공을 일러주는 게 맞겠지만 강동원은 마이클에게 리드를 맡겼다. 쇼케이스에서는 공 하나 하나가 중요한 만큼 투구에 집중하기로 마음을 먹은 것이다.

"좋아, 맡겨만 달라고!"

생각지도 못했던 강동원의 제안에 마이클도 흔쾌히 고개

를 끄덕였다. 그리고 초구에 바깥쪽 포심 패스트볼 사인을
냈다.

사인을 확인한 강동원이 가볍게 고개를 끄덕였다. 타석에
들어선 앤드류 파커가 어떤 유형의 타자인지 확인하기 위해
서라도 바깥쪽 코스가 좋을 것 같았다.

잠시 숨을 고른 뒤 강동원이 투구판을 힘껏 박차고 앞으로
튀어 나갔다.

후앗!

강동원의 손을 빠져나간 공이 마이클의 미트를 향해 날아
들었다.

퍼엉!

순식간에 홈 플레이트를 스쳐 지난 공이 묵직하게 마이클
의 미트 속에 파묻혔다.

"나이스 볼!"

자신이 요구하는 코스로 정확하게 공이 날아들자 마이클
이 감탄 어린 목소리로 소리쳤다. 하지만 공을 흘려보낸 앤
드류 파커의 표정은 시큰둥했다.

'별거 아니군.'

연습 투구 때도 보긴 했지만 100mile/h(≒160.9㎞/h)을 넘나
드는 공들과는 다소 차이가 있었다.

코스가 조금만 안쪽으로 들어왔더라도 충분히 때려낼 만

한 공이었다. 그리고 방망이를 내돌렸다면 아마 방망이 중심에 걸렸을 가능성이 높았다.

'초구는 봐주지, 코리안 보이.'

앤드류 파커가 자신만만한 얼굴로 방망이를 들어 올렸다.

그 순간.

후앗!

강동원의 손끝을 빠져나온 공이 곧장 앤드류 파커의 몸 쪽으로 날아들었다.

'빠른 공!'

앤드류 파커는 기다렸다는 듯이 방망이를 잡아당겼다.

하지만 마지막 순간에 살짝 꺾여 들어온 공은 앤드류 파커의 생각보다 방망이 안쪽에 걸리고 말았다.

따악!

먹힌 듯한 소리와 함께 뻗어 나간 타구가 1루 방향으로 크게 휘어져 나갔다.

"쳇! 슬라이더를 던진 건가?"

앤드류 파커가 아쉽다며 투덜거렸다.

반면 강동원은 때려낼 줄 알았다는 듯 고개를 주억거리고는 투구판을 밟았다.

'몸 쪽을 기다리고 있었다는 말이지?'

강동원은 피식 웃으며 마이클의 사인을 기다렸다. 잠시 고심하던 마이클은 볼카운트가 투 스트라이크라는 점을 감안해 바깥쪽 체인지업을 요구했다.

'어디 참을성은 어느 정도인가 볼까?'

강동원은 마이클의 미트를 향해 정확하게 공을 찔러 넣었다. 하지만 앤드류 파커는 방망이를 내밀지 않았다. 공을 끝까지 지켜본 뒤 그럴 줄 알았다며 코웃음을 쳤다.

'생각보다 공을 잘 보네.'

강동원은 공을 건네받은 후 로진백을 가볍게 주물럭거렸다. 아직 확신할 수는 없지만 앤드류 파커는 장타력에 선구안까지 갖춘 까다로운 타자처럼 보였다. 솔직히 말해 쇼케이스의 도우미로는 적합하지 않았다.

'아무래도 신중하게 던져야겠어.'

길게 로진 가루를 불어내며 강동원이 투구판을 밟았다.

그러자 마이클이 기다렸다는 듯 몸 쪽 높은 코스의 포심 패스트볼을 요구했다. 강동원이 하이 패스트볼에 자신 있다고 한 말을 허투루 듣지 않은 모양이었다.

"좋았어."

사인을 확인한 강동원이 씩 웃었다. 그러고는 망설이지 않고 투구판을 박차고 나갔다.

후앗!

강동원의 손끝을 빠져나간 공이 곧장 앤드류 파커의 얼굴

쪽으로 날아들었다.

'흑!'

앤드류 파커는 반사적으로 몸을 비틀었다. 자신이 고분고분하지 않으니 화가 난 강동원이 일부러 위협구를 던진 거라고 여겼다.

하지만 정작 공은 앤드류 파커의 가슴 윗선을 지나 정확하게 마이클의 미트에 처박혔다.

'스트라이크, 아웃!'

묵직한 포구 소리를 들으며 강동원이 씩 웃어 보였다.

그런데 정작 구심은 아무런 리액션도 취하지 않았다. 포구 순간 마이클의 미트가 크게 흔들렸던 걸 이유로 볼 판정을 내린 것이다.

"미안해! 강!"

마이클이 냉큼 일어나서 손을 들어 보였다. 강동원의 포심 패스트볼이 생각보다 뻗어 오르면서 뒤늦게 미트를 정확하게 고정하지 못한 게 판정에 불이익으로 이어진 것 같았다.

"괜찮아. 신경 쓰지 마."

강동원도 애써 웃어넘겼다. 마이클이 제법 경험 많은 포수라고는 하지만 오늘 처음 본 투수의 공을 완벽하게 받기란 사실상 불가능했다.

게다가 이번 판정은 마이클의 문제라기보다는 심판의 문

제였다.

조금 전 코스는 스트라이크를 줘도 아무런 문제가 없는 코스였다. 하지만 심판은 일부러 볼을 줬다. 느낌상 볼카운트를 투수에게 불리하게 만들어서 좀 더 긴장감을 높이려는 의도 같은 게 숨어 있는 것 같았다.

'날 살살 약 올려 보겠다 이거지?'

강동원은 자신이 테스트를 받기 위해 이 자리에 서 있다는 사실을 다시 한번 자각했다.

불펜 피칭을 통해 포심 패스트볼과 슬라이더, 체인지업, 커브를 지켜봤으니 지금부터는 그 공들이 실전에서 얼마나 통할지 또 구심의 판정이 비협조적일 때 얼마나 잘 참아내는지 등등 다양한 요소를 살펴보고 싶어 하는 게 당연해 보였다.

하지만 강동원은 주최 측의 생각처럼 열이 받진 않았다.

여전히 볼카운트는 투 스트라이크 투 볼이다.

아직 공 하나 정도는 더 뺄 여유가 있었다.

'승부를 걸어야 하나, 말아야 하나?'

강동원의 시선이 마이클에게 향했다. 그러자 잠시 고심하던 마이클이 곧바로 커브 사인을 냈다.

'커브라. 좋아.'

사인을 확인한 강동원이 투구판을 단단히 밟았다. 그리고 마이클의 미트를 향해 빠르게 공을 내던졌다.

'후앗!'

강동원의 손끝을 빠져나간 공이 거의 한복판으로 날아들었다.

'한복판 커브라. 미쳤군!'

앤드류 파커는 망설이지 않고 방망이를 내돌렸다. 처음부터 커브를 기다리고 있었는데 코스마저 몰려 버렸으니 지금이야말로 자신의 진가를 마음껏 뽐낼 기회라고 여겼다.

하지만.

딱!

정작 공은 방망이 밑 부분에 걸려 1루 쪽 파울라인 밖으로 굴러나가 버렸다.

'제, 젠장할!'

앤드류 파커가 질근 입술을 깨물었다. 분명 치라고 던져 준 공이었는데 그걸 놓칠 줄은 예상하지 못한 것이다.

그만큼 강동원이 내던진 커브의 낙폭은 더그아웃에서 보던 것보다 훨씬 좋았다.

거의 얼굴 높이로 날아드는 것처럼 굴다가 홈 플레이트를 코앞에 두고 갑자기 뚝 떨어져 버리니 타이밍을 맞추는 것 자체가 쉽지 않았다.

강동원과 앤드류 파커의 대결을 지켜보던 메이저리그 스

카우터들도 하나같이 혀를 내둘렀다.

"방금 커브의 움직임은 장난 아닌데?"

"확실히 타자를 세워 놓으니까 무브먼트가 훨씬 더 좋아진 거 같아."

"커브의 낙구 지점까지도 감안해서 공을 던진다는 거야?"

"지난 세계 청소년 야구 선수권 대회를 생각한다면 그럴 가능성도 없지 않다고."

스카우터들은 커브의 무브먼트만큼이나 그 공을 효율적으로 던지는 강동원을 높이 평가했다.

좋은 공을 던질 줄 알면서도 막상 제대로 써먹지 못해 메이저리그에는 올라와보지도 못하고 사라지는 투수들이 부지기수인데 강동원은 마치 베테랑 투수처럼 공을 던지는 요령을 아는 것 같았다.

다시 타석으로 돌아온 앤드류 파커도 정신을 바짝 차렸다.

'커브에 타이밍이 맞지 않았으니까 또다시 커브를 던지겠지? 좋아! 이번에는 놓치지 않는다!'

앤드류 파커가 질근 입술을 깨물었다.

그 순간, 깅동원이 자세를 삽고 빠르게 공을 내던졌다.

후앗!

강동원의 손끝을 빠져나온 공이 앤드류 파커의 얼굴 쪽으로 빠르게 날아들었다.

'뭐지? 패스트볼?'

동체 시력만큼은 최고라고 자부하던 앤드류 파커였지만 이번 공의 정체는 단숨에 알아채지 못했다. 그렇다 보니 마지막 순간에 뚝 하고 떨어져 들어오는 공의 무브먼트에 전혀 대비하지 못했다.

퍼억!

가까스로 공을 잡아 낸 마이클이 냉큼 심판을 돌아봤다. 그러자 잠시 고심하던 심판이 가볍게 오른팔을 들었다.

"젠장할!"

졸지에 삼진을 당해버린 앤드류 파커가 질근 입술을 깨물었다.

강동원이 포심 패스트볼을 제대로 채지 못한 거라 여겼는데 설마하니 마지막 순간에 커브의 무브먼트를 보일 줄은 예상하지 못한 것이다.

'무슨 이런 말도 안 되는 커브를 던지는 거야?'

앤드류 파커가 강동원을 매섭게 노려봤다. 처음에는 그저 우습지도 않았던 동양의 투수가 지금은 생각 이상으로 크게 느껴졌다.

'이제 좀 긴장이 되나 보지?'

앤드류 파커의 날카로운 시선에 강동원이 피식 웃음을 흘렸다.

쇼케이스도 좋지만 이제야 조금 할 맛이 나는 것 같았다.

첫 타석이 끝나고 짧은 휴식 시간이 주어졌다. 실제 경기 중이었다면 구심이 나서서 투수와 타자를 재촉했겠지만 쇼케이스다 보니 다소 여유롭게 진행이 되었다

"역시 커브는 훌륭해."

"이 정도면 메이저리그에서도 충분히 통하겠어."

"포심 패스트볼도 묵직하니까 나머지 부분들은 조금만 보안하면 될 것 같아."

"지금 당장은 아니지만 마이너에서 한 이삼 년 정도 공부하면 충분히 써 먹을 수 있겠어."

스카우터 대부분이 만족스런 표정을 지었다. 아직 경험이 부족한 만큼 지금 당장 메이저리그에 올리는 건 어려워 보였지만 메이저리그급 선수로 성장할 가능성은 충분해 보였다.

분위기가 점점 좋은 쪽으로 흘러가자 박동휘의 표정도 밝아졌다.

'강동원 선수! 조금만 더 고생해 주세요!'

박동휘가 강동원 쪽을 바라보며 가볍게 주먹을 들어 올렸다. 그 모습을 본 듯 강동원의 입가에도 옅은 웃음이 번졌다.

잠깐의 휴식 후 강동원과 앤드류 파커의 두 번째 대결이
펼쳐졌다.

'강! 혹시 이것도 가능한 거야?'

휴식 시간 동안 강동원과 다양한 볼 배합에 대해 이야기
를 나누었던 마이클이 조심스럽게 바깥쪽으로 미트를 움직
였다.

'물론이지.'

사인을 확인한 강동원이 가볍게 고개를 끄덕였다. 그러
고는 일말의 망설임도 없이 미트를 향해 빠르게 공을 내던
졌다.

후앗!

강동원의 손끝을 빠져나간 공이 바깥쪽으로 날아들었다.
그러자 앤드류 파커가 씩 웃으며 타격을 포기했다.

하지만 마지막 순간에 살짝 꼬리를 말며 좌타자의 몸 쪽으
로 휘어져 들어온 공은 스트라이크존을 걸치며 마이클의 미
트에 틀어 박혔다.

"스트라이크!"

심판도 현란한 백도어성 움직임에 감탄하듯 스트라이크를
내뱉었다.

"이게 스트라이크라고요?"

앤드류 파커가 말도 안 된다며 펄쩍 뛰었다. 이렇게 멀리서 들어오는 공까지 스트라이크로 인정해 준다면 타자가 칠 공이 없었다.

그러나 심판은 단호했다.

"충분히 칠 수 있었어."

"이걸 어떻게 쳐요?"

"못 치면 자네 실력이 그것밖에 안 되는 거겠지."

"젠장할!"

심판이 실력을 운운하자 앤드류 파커가 와락 얼굴을 일그러뜨렸다. 그래도 대학 리그에서는 제법 알아주는 강타자인데 마이너리그 심판에게 무시당한다고 생각하니 화가 났다.

그렇다고 더 이상 심판과 입씨름을 할 수도 없었다.

오늘 이 쇼케이스의 주인공은 누가 뭐래도 강동원이었다.

강동원의 쇼케이스를 돕기 위해 참가한 이상 설사 불만이 있더라도 내색할 수는 없었다.

"후우……."

앤드류 파커가 길게 숨을 내쉬며 다시 방망이를 들어 올렸다. 그러자 마이클이 슬그머니 미트를 바깥쪽으로 움직였다.

"리드가 짓궂은데?"

사인을 확인한 강동원이 씩 웃었다. 그러고는 마이클의 미트를 향해 있는 힘껏 공을 내던졌다.

후앗!

강동원의 손끝을 빠져나온 공이 눈 깜짝할 사이에 홈 플레이트 앞까지 날아들었다.

포심 패스트볼.

앞서 커브가 날아들어서인지는 몰라도 평소보다 훨씬 빠르게 느껴졌다.

하지만 앤드류 파커도 멍청하게 당하고만 있지는 않았다.

따악!

앤드류 파커가 힘껏 내돌린 방망이 끝에 공이 걸렸다. 그 타구가 3루 관중석 깊숙한 곳으로 떨어졌다.

"크으으!"

앤드류 파커는 질근 입술을 깨물었다. 느린 공 다음에 빠른 공을 던지는 건 볼 배합의 기본이었다. 그렇다 보니 강동원이 분명 포심 패스트볼을 던질 거라 예상하고 있었다.

하지만 앞선 타석에서 맞았던 포심 패스트볼로 인해서 타이밍이 전혀 맞지 않았다.

공이 살짝 홈 플레이트 쪽으로 몰려 들어왔으니 망정이지 공 하나 정도만 바깥쪽으로 빠져나갔더라도 볼썽사나운 헛스윙이 될 뻔했다.

게다가 작심하고 덤벼든 이번 타석 역시 볼카운트가 불리하게 변해 있었다.

투 스트라이크 노 볼.

이제부터는 이를 악물고 강동원의 유인구를 참아내야만
했다.

'두 개 정도는 빼도 괜찮겠지?'

마이클은 앤드류 파커의 인내심을 시험하듯 연속해서 유
인구 사인을 냈다.

3구는 바깥쪽으로 흘러나가는 체인지업.

4구는 몸 쪽을 파고드는 슬라이더.

공 하나 정도 스트라이크존을 벗어나는 아슬아슬한 공이
들어 왔지만 앤드류 파커는 이를 악물고 참아냈다. 그 의지
에 메이저리그 스카우터들조차 웃음을 보일 정도였다.

볼카운트가 투 스트라이크 투 볼로 바뀌자 강동원도 더는
여유를 부리지 못했다.

마이클도 고민하지 않고 몸 쪽 커브 사인을 냈다. 그러자
커브를 기다리고 있던 앤드류 파커가 방망이를 고쳐 들었다.

'기다리고 있었던 말이지?'

강동원은 씩 웃었다.

하지만 굳이 사인을 바꾸지 않았다.

경기를 치르다 보면 타자에게 볼 배합을 읽히는 경우가 적
지 않았다. 그러나 타자가 어떤 공이 들어올지 안다고 해서

그 공이 무조건 얻어맞는다는 보장은 없었다.

'좋아, 어디 칠 테면 쳐 보라고!'

공을 단단히 움켜쥔 채 강동원이 있는 힘껏 마운드를 박차고 앞으로 나갔다.

후아앗!

강동원의 손끝을 빠져나간 공이 큰 포물선을 그리며 앤드류 파커의 몸 쪽으로 붙어 들어왔다.

그러자 앤드류 파커가 이를 악물며 방망이를 휘둘렀다.

따악!

방망이 안쪽에 걸린 타구가 3루 쪽으로 제법 높게 솟구쳤다. 하지만 얼마 지나지 않아 타구는 3루 쪽 파울라인 밖으로 휘어져 나가 버렸다.

타이밍은 얼추 맞았지만 방망이 중심에 정확하게 공을 얹지 못했다. 여전히 강동원의 커브의 무브먼트를 제대로 파악하지 못하고 있다는 이야기였다.

"젠장할!"

앤드류 파커가 질근 입술을 깨물었다. 이 커브를 때려내기 위해 3구와 4구를 힘겹게 버텨냈는데 아무런 소용이 없어졌다.

하지만 정작 강동원은 생각 이상으로 빠르게 커브에 대처해 나가는 앤드류 파커의 집념에 혀를 내둘렀다.

'저 녀석 뭐야? 배트 컨트롤이 장난이 아닌데?'

강동원은 애써 로진백을 주무르며 호흡을 가다듬었다. 꼼짝 없이 삼진을 잡았다고 생각한 공이 얻어맞으면서 머릿속이 다소 복잡해졌다.

그러나 마이클은 아무런 고민도 없이 곧바로 사인을 냈다.

코스는 몸 쪽 높은 곳.

구종은 빠른 커브.

첫 타석 때처럼 빠른 커브로 앤드류 파커의 방망이를 이끌어 내자는 이야기였다.

'그래, 좋아.'

강동원이 단단히 고개를 끄덕였다. 그리고 마이클의 미트를 향해 있는 힘껏 공을 내던졌다.

후앗!

강동원의 손끝을 빠져나간 공이 곧장 앤드류 파커의 얼굴쪽으로 날아갔다.

'온다!'

앤드류 파커가 눈을 부릅뜨며 공을 노려보았다. 그리고 공이 변화를 시작하자 재빨리 방망이를 끌어당겼다.

앤드류 파커의 당초 목표는 파울이었다. 느린 커브에 비해 빠른 커브는 아직 낯선 만큼 정타를 만들기보다는 한 번 더 기회를 얻어내는 것에 중점을 뒀다.

하지만 강동원의 커브는 앤드류 파커의 생각처럼 녹록치가 않았다.

까악!

앤드류 파커의 예상보다 공 하나 정도 높게 들어온 공이 방망이 윗부분에 공이 스쳤다 싶더니.

퍼억!

마이클의 미트 속에 타구가 빨려 들어갔다.

"크아아아!"

앤드류 파커가 경기장이 떠나갈 듯 악을 내질렀다.

분명 잡았는데.

잡았다고 생각했는데!

공이 또다시 스윙을 벗어나 버렸다.

"젠장, 저 녀석!"

강동원에게 연달아 삼진을 먹은 앤드류 파커가 질근 입술을 깨물었다. 하지만 상대가 짜증 나는 건 강동원도 마찬가지였다.

"지금 네가 화낼 상황이 아닐 텐데? 이건 내 쇼케이스라고."

세 번째 타석이 시작되기가 무섭게 강동원이 있는 힘껏 포심 패스트볼을 내던졌다.

후앗!

요란한 바람소리와 함께 날아간 공이 몸 쪽 꽉 찬 코스를 파고들었다.

퍼엉!

미트를 찢을 듯한 포구 소리가 경기장에 울렸다. 그와 동시에 스카우터들이 탄성을 내질렀다.

"와우! 98마일이야!"

"갑자기 구속에 올라갔잖아?"

"뭐야? 지금까진 워밍업이었다 이거야?"

"그럼 이것이 진짜 구속인가?"

스카우터들은 재빨리 노트에 새로운 사실을 기입하기 바빴다. 그들이 놀랄수록 에이전트 박동휘의 얼굴은 점점 더 밝아졌다.

강동원은 2구째도 앤드류 파커의 몸 쪽을 파고드는 하이 패스트볼을 던졌다. 앤드류 파커가 이를 악물며 방망이를 내돌렸지만 그보다 공이 한발 앞서 홈 플레이트를 스쳐 지나가 버렸다.

이번에도 구속은 98mile/h(≒157.7㎞/h)이 찍혔다.

스카우터들은 또다시 단성을 내질렀다.

"자, 이제 슬슬 끝내보실까?"

가볍게 숨을 고른 뒤 강동원은 곧장 투구판을 박차고 나갔다.

"크윽!"

앤드류 파커가 이를 악물며 테이크백 동작에 들어갔다. 그런데 정작 공은 너무나도 느리게 날아들었다.

포심 패스트볼에 정신이 팔린 앤드류 파커는 커브에 제대로 대응하지 못했다. 그저 멍하니 바라만 보다가 스트라이크 존에 정확하게 걸쳐 들어온 공을 보고는 신경질적으로 배트를 내던지고 말았다.

"스트라이크, 아웃!"

깐깐한 판정을 요청받았던 구심도 그 자리에서 삼진을 외쳤다.

스카우터들은 일어나며 박수를 쳤다.

"좋아."

"역시, 멋져!"

"훌륭해 코리안 보이!"

한편에서 조마조마한 얼굴로 투구를 지켜보던 박동휘도 강동원을 향해 엄지손가락을 추켜들어 올렸다.

7

터벅터벅!

긴 복도를 지나 로커 룸으로 향하는 강동원의 몸은 축 늘어져 있었다.

허름한 로커 룸으로 돌아온 강동원은 긴 벤치 의자에 털썩 하고 앉았다. 그러고는 그대로 팔이며 다리를 축 늘어뜨렸다.

"후우……."

강동원이 긴장을 떨쳐 내듯 긴 한숨을 토해냈다.

뚝. 뚜둑.

바닥으로 몇 방울의 땀이 떨어져 내렸다.

냉기가 감도는 차가운 로커 룸도 한쪽 구석에서 윙윙거리며 돌아가는 에어컨의 바람도 강동원의 열기를 식히지는 못했다.

강동원의 몸 여기저기서는 아직 쇼케이스가 끝나지 않았다며 뜨거운 열기가 아지랑이처럼 솔솔 피어올랐다.

'정말 하얗게 불태운 거 같아.'

강동원이 피식 웃었다. 메이저리그 구단 관계자들을 모아 놓고 선보인 쇼케이스에서 자신이 가진 모든 것을 쏟아부었기에 미련이나 후회는 없었다. 하지만 무척이나 힘든 것 또한 사실이었다.

"난 최선을 다했어."

강동원이 스스로를 칭찬하듯 중얼거렸다.

이번 쇼케이스를 치르면서 강동원은 거의 80구 가까이 되

는 공을 던졌다. 따지고 보면 한 경기를 뛴 것이나 다름이 없
었다. 중간중간 휴식을 취했다고 해도 결코 간단한 일이 아
니었다.

앤드류 파커와의 승부도 까다로웠다.

비록 메이저리그 타자는 아니었지만 꽤 실력 있는 선수라
는 것은 상대를 해보고 알았다. 한 구만 실투했어도 영락없
이 큰 것 한 방 맞을 분위기였다.

그래서 강동원은 공 하나 하나에 집중했고, 그만큼 최선을
다해 힘껏 던졌다. 그렇다 보니 결과가 어떻게 나오든 아쉬
울 것 같지 않았다.

그보다 지금은 당장에라도 쉬고 싶었다. 뜨거운 물에 몸을
담그고 그 상태로 잠이 들고 싶었다.

"샤워해야 하는데 아, 귀찮아……."

강동원이 나직이 중얼거렸다. 솔직히 말해 지금은 손가락
하나 움직일 힘도 없었다.

그때 자신이 걸어온 통로를 따라 구두 소리가 다가왔다.

뚜벅, 뚜벅.

그 소리는 바로 옆에 와서 멈추었다. 뒤이어 따스한 남성
의 목소리가 들려왔다.

"수고하셨습니다."

에이전트 박동휘였다.

"수고는요."

강동원이 힘겹게 대답을 해주었다. 그 모습을 잠깐 바라보던 박동휘가 강동원의 옆자리에 앉았다.

"많이 힘드시죠?"

"죽을 거 같아요."

"하하. 강동원 선수가 이렇게 힘들어하는 거 처음 보네요."

박동휘가 피식 웃었다. 그러고는 더는 말을 걸지 않았다.

박동휘는 강동원이 충분히 쉴 수 있게 가만히 옆에 앉아만 있었다. 강동원도 입을 다물었다.

그렇게 십여 분의 시간이 흘러갔다. 그제야 강동원의 거칠었던 호흡이 한결 고르게 변했다.

"후우……."

긴 한숨을 내쉬며 강동원이 얼굴을 덮고 있던 수건을 옆에 내려놓았다. 그리고 박동휘를 바라보았다.

"저 어땠어요?"

그러자 박동휘가 엄지손가락을 추켜세우며 미소 지었다.

"최고였습니다."

"정말요?"

"저는 이런 걸로 거짓말 안 합니다."

"그렇다면 다행이네요."

강동원은 웃었다. 다른 사람도 아니고 메이저리그 관계자들의 표정과 분위기를 직접 살핀 박동휘의 말이니 틀리지 않을 거라 여겼다.

"솔직히 제가 아직도 이곳에 있다는 것이 믿기지가 않아요. 미국에 와 있는 것도, 메이저리그 사람들 앞에서 공을 던졌다는 것도. 모든 게 꿈만 같아요."

"그래요?"

"그런데 이걸 보고 있으면 꿈은 아니겠구나 하는 생각은 들어요."

강동원은 부르르 떨리는 자신의 손을 넌지시 바라보았다.

그러자 박동휘가 충분히 이해한다며 강동원의 손을 꼭 움켜쥐어 주었다.

"그보다 어때요? 사람들 반응은?"

강동원이 다시 박동휘에게 눈을 돌렸다. 박동휘는 미소를 머금은 채 말했다.

"반응이 아주 좋아요. 중간에 매리너스가 돌아가긴 했지만 나머지 세 구단의 반응은 매우 긍정적입니다."

"그렇군요."

"네, 그러니까 마음 푹 놓으세요. 아마 좋은 계약 조건으로 계약할 수 있을 것 같습니다."

"좋은 계약이요?"

"네, 그런데 혹시 특별히 원하는 조건 같은 거 있어요?"

박동휘의 물음에 강동원이 고민을 하였다.

'특별히 원하는 조건?'

강동원은 말없이 박동휘가 말한 부분을 곱씹어 보았다. 하지만 지금 자신의 처치에 특별한 조건을 내걸 위치는 아니었다.

어차피 계약을 맺으면 마이너리그에서부터 시작해야 했다. 한국 프로 야구에서 보여준 게 아무것도 없는데 메이저리그 계약을 요구할 수도 없었다.

게다가 마이너리그 계약을 맺으면서 마이너리그 거부권이나 트레이드 거부권 같은 옵션을 거는 것도 웃긴 노릇이었다.

그저 어디 내놓아도 인정받을 만큼 좋은 조건으로 계약하기를 바랄 뿐이었다.

"알아서 잘해주세요."

"정말 없어요?"

"네, 그런 건 생각해 보지 않아서요. 대신 돈보다 제가 잘 적응할 수 있는 구단으로 해주세요."

"그건 걱정하지 마십시오."

"전 형만 믿을게요."

강동원이 웃으며 말했다. 그 말에 박동휘가 씩 웃었다.

"알겠습니다. 제가 책임지고 좋은 계약 조건으로 진행하도록 하겠습니다. 아, 그보다 어서 어깨에 아이싱 하셔야죠."

"네네, 알겠습니다."

박동휘가 서둘러 일어나며 강동원을 부추겼다. 강동원도 그런 박동휘의 행동에 웃음을 보이며 자리에서 일어나 트레이너실로 향했다.

8

모든 일정을 마무리 하고 강동원과 박동휘는 대한민국으로 향하는 비행기에 몸을 실었다.

프로 선수도 아니고 이제 막 고등학교를 졸업한 강동원과 초짜 에이전트 박동휘의 사정상 계약이 끝날 때까지 미국에 남아 있을 수는 없는 노릇이었다.

LA에서 이륙하기 전 강동원은 대한민국으로 향하는 비행기 안에서 창 밖으로 보이는 전경을 내려다봤다. 그러면서 다시 꼭 돌아오겠다고 다짐을 했다.

그렇게 12시간의 비행을 마치고 비행기는 인천 공항에 도착했다.

모든 심사를 마치고 출국장 문이 열리자 갑자기 플래시 세례가 터졌다. 많지는 않지만 네다섯 명의 기자가 카메라와 핸드폰을 들이대며 강동원에게 인터뷰를 시도했다.

"강동원 선수! 지금 미국에 다녀온 게 맞나요?"

"비공개 쇼케이스를 가졌다는데 사실입니까?"

"총 몇 개 팀의 관계자들이 참석했나요?"

"지금의 소감은 어떠신지 한 말씀 부탁드립니다."

강동원은 쏟아지는 질문세례에 어리둥절한 표정이 되었다.

"아, 저어……. 그러니까……."

그때 그의 앞으로 박동휘가 나섰다. 그는 손을 들어 차분하게 대답했다.

"여기서 이러지 마십시오. 조만간 입장 정리해서 제대로 발표하겠습니다. 그럼!"

"그냥 한마디만 해주십시오."

"강동원 선수!"

박동휘는 예의를 갖추며 기자들의 질문을 피해 서둘러 강동원을 데리고 공항에서 나왔다. 기자들이 쫓아왔지만 곧바로 한국을 찾아온 중국 관광객 인파에 휩쓸려 버렸다.

밖으로 나온 강동원은 아직도 얼떨떨한 모습이었다.

"저 사람들 저 기다린 거 맞죠?"

"미안해요. 많이 놀랐죠?"

"아니에요. 대회를 치른 것도 아닌데 저한테 관심을 갖는 기자들이 있다는 게 놀라워서요."

"제가 최대한 막으려고 했는데 어떻게든 새어 나갔나 봅니다. 하지만 걱정 마십시오. 제가 입장 정리해서 조만간 기자 회견을 할 테니 말입니다. 그보다 어서 가시죠."

"네에."

박동휘가 안내한 곳은 주차장이었다.

"자, 타세요."

박동휘가 멈춘 곳은 아주 허름한 차 앞이었다. 강동원은 그 차와 박동휘를 번갈아 보았다.

"이게 지난번에 고장 나서 수리 맡겼다던 그 차예요?"

"하하하, 연식이 좀 되었죠? 하지만 걱정 마십시오. 잘 굴러갑니다."

"아…… 저 그냥 여기서 기차 타고 가면 안 될까요?"

"에이, 무슨 그런 서운한 말씀을. 그러시면 안 되죠. 이것도 다 에이전트의 임무입니다. 그러니 어서 차에 타세요."

박동휘는 억지로 강동원을 차에 태웠다. 조수석에 탄 강동원은 살짝 눈살을 찡그렸다. 조수석 바닥에는 쓰레기 더미가 가득했고, 차 여기저기에는 먼지가 잔뜩 쌓여 있었다.

말 그대로 남자가 막 타고 다는 그런 느낌의 차였다.

정작 박동휘도 자기 차 내부가 민망했던지 웃으며 말했다.

"하하하, 세차를 해야 하는데 워낙에 바빠서……. 그래도 굴러가는 데는 지장 없어요."

그렇게 말을 하며 시동을 거는데……

꾸르르르륵! 꾸르르르르륵!

시동이 한 번에 걸리지 않았다.

"아, 이거 왜 이러지. 잘 걸렸는데."

당황한 박동휘가 중얼거렸다. 그러고는 몇 번이고 키를 돌린 끝에 겨우 시동을 걸었다.

"하하, 걸렸다. 이제 출발합니다."

차 뒤에서 요란한 배기연기가 뿜어져 나왔지만 박동휘는 아무렇지 않은 듯 말을 하고는 차를 출발시켰다.

'이거 부산까지 갈 수는 있는 걸까?'

강동원이 불안한 눈으로 운전을 하는 박동휘를 보았다.

하지만 박동휘는 시동이 걸렸으니 아무 문제없다는 반응이었다. 그야말로 언제나 긍정적인 마인드를 가진 것 같았다. 심지어 콧노래까지 흥얼거리며 운전하는 모습을 보며 강동원은 생각했다.

'나중에 계약금 나오면 차 한 대 사줘야겠다. 이러다 내가 제 명에 못 살겠어.'

강동원이 고개를 절레절레 흔들었다.

하지만 그것도 잠시.

"으음……"

언제나처럼 강동원은 깊은 잠에 빠져들었다.

"훗, 벌써 쓰러졌네. 하긴 피곤하기도 하겠지."

옆쪽에서 들려오는 요란한 코골이 소리에 박동휘가 피식 웃었다.

그렇게 차는 부산으로 빠르게 이동했다.

19장
어쨌든 자이언츠

1

일주일이라는 시간이 후딱 지나갔다.

미국에서 쇼케이스를 마친 이후 박동휘는 강동원에게 휴식을 권했다.

세계 청소년 야구 선수권 대회에서 돌아온 이후로 진로를 놓고 고민하느라 제대로 쉬지도 못했으니 이번 기회에 몸도 마음도 재충전하긴 바랐다.

하지만 강동원은 그럴 수가 없었다. 하루 종일 집에만 앉아 있는다고 생각하니 미칠 것만 같았다.

"내 팔자에 휴식은 무슨."

강동원은 결국 반나절도 버티지 못하고 집을 뛰쳐나왔다. 간단한 러닝이지만 마을을 뛰다 보니 몸이 한결 가벼워지는 것을 느꼈다.

그렇게 지난 일주일 동안 체력 훈련에 매진했다.

그런데 오늘 아침.

강동원의 휴식을 방해하는 방해꾼이 집에 들이닥쳤다.

바로 한문혁이었다.

"야, 동원아!"

"누, 누구야?"

"누구? 니 내 목소리도 까무긋나?"

"문혁이? 너 어떻게 들어왔어?"

"어떻게 들어왔기는, 문디 자슥아. 문이 열렸으니까 들어왔지. 문 좀 단디 안 닫을래?"

강동원은 새벽 운동을 마치고 지친 몸을 쉬기 위해 다시 침대에 누워 있던 참이었다. 그런데 난데없는 한문혁의 등장에 강동원은 그저 한숨만 나왔다.

"좀 쉬려고 했더니……."

강동원이 주섬주섬 침대에서 일어나려 했다. 그러자 어느새 방 안으로 들어온 한문혁이 혀를 쯧쯧 차댔다.

"봐봐, 내 이럴 줄 알았다카이. 마, 지금 뭐 하노. 퍼뜩 일어나라."

"아, 왜? 나 지금 피곤해."

"피곤? 하루 종일 퍼 자고 피곤하다고? 쓸데없는 소리 말고 퍼뜩 일어나!"

"아, 왜에?"

강동원이 짜증 섞인 말을 내뱉어 보았지만 한문혁에게는 통하지 않았다. 한문혁은 강동원에게 다가가 억지로 팔을 잡아당겼다.

"빨리, 빨리 움직이라."

"아놔, 왜 그러는데?"

한문혁은 강동원의 손을 끌고 시내 종합 쇼핑몰 쪽으로 데려왔다. 특별히 쇼핑할 건 없지만 개장한 지 얼마 안 되는 곳이라 꼭 한번 가보고 싶다는 이유에서였다.

강동원은 잔뜩 인상을 쓰며 한문혁의 뒤를 쫓아갔다. 한문혁은 뭐가 그리도 좋은지 연신 싱글벙글이었다.

"젠장, 남자끼리 이게 무슨 짓인지."

한문혁을 보며 강동원이 혼잣말을 중얼거렸다. 그러자 한문혁이 갑자기 뒤를 홱 돌아보며 말했다.

"마, 퍼뜩 온나!"

한문혁이 손짓까지 하며 강동원을 불렀다.

"알았어, 인마! 간다, 가."

강동원은 귀찮아하면서도 한문혁을 꿋꿋이 따라갔다. 한

문혁이 이러는 이유가 다 자기 때문이라는 것을 알기 때문이었다.

한문혁은 옆으로 다가온 강동원의 어깨에 팔을 두르며 나직이 말했다.

"그래도, 인마. 이 형밖에 없제? 미국 갔다가 일주일 동안 집에만 틀어박혀 있는 너를, 밖으로 데리고 나오고 말이야. 니, 나한테 잘해라."

"지랄하네."

강동원이 콧방귀를 뀌었지만 그래도 한문혁 같은 친구가 있어서 고마웠다.

"마, 우쨌든 오늘은 내만 믿고 따라와라. 오랜만에 남자끼리 뜨거운 우정을 나눠보는 것도 나쁘지 않것제?"

"너…… 나 좋아하냐?"

"확 마, 치아라! 어디서 수작질이고?"

"에휴. 그래, 니 맘대로 해라."

"자, 가자!"

그렇게 강동원과 한문혁은 쇼핑몰 이곳저곳을 돌아다니며 스트레스를 풀었다.

그렇게 약 한 시간을 돌아다녔을 때쯤.

"응?"

강동원이 주변의 시선을 의식하기 시작했다.

"문혁아, 우리 저쪽으로 가자."

"마, 와 그라노?"

"야, 빨리!"

"와? 니 아는 가시나가? 니 내 몰래 여자 사귔나?"

"아, 아니, 그게……."

강동원은 한문혁을 끌고라도 자리를 벗어나고 싶었다. 하지만 한문혁은 유명한 친구와 함께 있는 게 그저 기분 좋기만 했다.

덕분에 강동원을 가까이서 보게 된 여학생들이 꺅꺅거리며 핸드폰을 꺼내 들었다.

"어머머머, 강동원 선수 아냐?"

"그치? 이번에 메이저리그 간다고 하던데."

"어머! 어쩜, 저리도 귀여울까?"

"나, 한번 말 걸어볼까?"

강동원은 때 아닌 사람들의 관심이 어색하기만 했다. 아직 메이저리그 진출이 확정된 것도 아닌데 이렇게 놀러 다니는 모습을 보이는 게 민망했다.

그러자 잠시 어딘가로 뛰어갔던 한문혁이 강동원의 머리 위에 큼지막한 모자 하나를 씌워 버렸다.

"새끼, 인기쟁이네. 좀 골릴라켔는데 이대로는 안 되겠다. 자, 이거 쓰고 얼른 이 자리를 피하자."

한문혁과 강동원은 고개를 숙인 채 그 자리를 빠르게 벗어났다. 그리고 쇼핑몰 지하에 있는 패스트푸드점 구석에 자리를 잡았다.

"짜슥, 니 이제 어디 돌아댕기지도 못하겠다. 벌써부터 사람이 알아보믄 나중에 슈퍼라도 가긋나."

"후우……."

"암튼 밖에서는 얼굴 단디 가리고 다니라. 알았제?"

"그게 어디 말처럼 쉽냐."

"새끼, 승질은. 인기 많아서 좋다 이거제?"

"그렇게 부러우면 네가 좀 가져갈래?"

"댔다, 마. 치아라. 내는 니 같이는 못산다."

"시끄럽고 가서 햄버거나 사 와."

"내가?"

"그럼 내가 갈까?"

"젠장, 대따. 여기 있어라. 간신히 도망 왔는데 또 사람 모으지 말고."

한문혁이 햄버거를 가지고 돌아올 때까지 강동원을 알아보는 사람은 없었다. 덕분에 강동원과 한문혁은 한결 편해진 마음으로 햄버거를 먹을 수 있었다.

"그런데 니 미국 가면 이제 어쩌냐?"

한문혁이 먼저 입을 열었다. 강동원이 고개를 돌렸다.

"무슨 소리야?"

"난 어쩌냐고 말이야."

한문혁이 사뭇 진지한 표정으로 말했다. 그 모습을 본 강동원이 피식 웃었다.

"훗, 난 또 뭐라고."

"마, 난 지금 심각하다."

"심각할게 뭐 있어. 야, 걱정 마! 내가 대표 팀 가 봤는데 내 공은 네가 제일 잘 받아. 다른 건 몰라도 수비력 하나는 짱이잖아!"

"새끼, 아부는."

"아부는 무슨 아부. 내가 아부하는 거 봤냐?"

"하긴, 니가 나한테 아부해서 우따 쓰겠노. 우쨌든 말이라도 고맙다."

한문혁도 강동원의 칭찬에 기분이 좋은지 살짝 미소를 머금었다.

"그런데 넌 이번에 지명됐어?"

"그기…… 10라운드 안에는 안 뽑혔다."

"그럼?"

"신고 선수로 함 뛰어보라고 다이노스에서 연락은 왔는데 그기…… 아이다."

한문혁은 말을 하다가 도로 삼켰다. 불현듯 며칠 전 다이노스 관계자로부터 전해 들은 얘기가 떠올랐다.

다이노스 관계자는 한문혁에게 강동원을 설득해 다이노스에 입단시키라는 부탁을 받았다. 그렇게만 해준다면 한문혁과 정식 계약을 체결하겠다고 말했다.

오늘 강동원을 만나러 오기 전까지 한문혁은 그 제안에 대해 진지하게 고민을 했다. 하지만 막상 강동원을 만나고 보니 터무니없는 욕심을 부렸다는 생각이 들었다.

'내가 잠시 미쳤는갑다. 그건 말도 안 되지. 동원이는 이제 메이저리그로 갈 친군데.'

한문혁이 고개를 가로저었다.

"다이노스라. 잘됐네."

강동원은 한문혁이 다이노스에서 연락받았다는 말에 진심으로 기뻐해 주었다. 그렇지 않아도 자신 때문에 해명 고등학교 선수들이 자이언츠에 미운 털 단단히 박혔다는 이야기를 전해 들은 뒤였다.

다행히 프로에서 데려갈 만한 선수는 대부분 지명을 받거나 계약을 했다. 프로 입시에 떨어진 선수들도 봉황기 우승을 함께 쓴 에이스 강동원을 탓하지 않았다.

다만 강동원은 과거처럼 한문혁과 함께 자이언츠에서 뛰지 못할 것 같다는 사실이 아쉽기만 했다.

과거 망가진 자신을 다시 야구할 수 있게 붙잡아준 게 바로 한문혁이었다.

그런데 정작 자신은 메이저리그에 도전한다는 핑계로 한문혁을 나 몰라라 하고 있으니 마음 한편으로 미안한 마음이 들었다.

그나마 다행인 것은 한문혁의 수비 능력은 프로 스카우터들 사이에서도 정평이 나 있다는 것이었다. 다이노스뿐만 아니라 백업 포수가 부족한 구단이라면 충분히 욕심낼 것이라 여겨졌다.

"자식! 걱정 마라. 잘할 거야."

"그래, 인마. 내 걱정 말고 너나 잘해라. 근데 연락은 언제 오는 기고?"

"글쎄."

강동원이 아쉬움을 되삼키듯 콜라를 들이켰다.

그때 강동원의 스마트 폰이 울렸다.

액정 화면에는 박동휘라는 이름이 찍혀 있었다.

순간 강동원의 얼굴에 긴장감이 번졌다.

그러자 한문혁도 덩달아 표정이 굳어졌다.

"와? 무신 전환데?"

"에이전트."

"에이전트? 니 메이저 대꼬 간다 켔던?"

"어."

"그람 니 뭐 하는데. 퍼뜩 받아라!"

"으응……."

크게 숨을 들이켠 뒤 강동원이 통화 버튼을 가볍게 밀쳤다. 그와 동시에 수화기 너머로 반가운 목소리가 들렸다.

-강동원 선수, 지금 통화 괜찮아요?

"네, 형."

-강동원 선수, 축하합니다. 방금 계약 됐습니다.

"저, 정말요? 어디예요?"

-자이언츠입니다.

"네? 자이언츠요?"

자이언츠라는 말에 강동원이 눈을 치떴다. 설마하니 대한민국 자이언츠가 아니라 메이저리그 자이언츠 구단과 계약이 될 줄은 전혀 예상하지 못했다.

"정말 자이언츠예요?"

-네, 방금 메일을 받았습니다. 어제 최종 제안서를 보냈고 그쪽에서 받아들이겠다는 답을 보내왔습니다.

"그런데 지난번에는 에인젤스 쪽이 유력하다고 했잖아요?"

-아, 그때 자이언츠 조건이 가장 나빴던 게 사실입니다만 보비 에반 단장이 막판에 결단을 내린 것 같습니다. 본래 강동원 선수를 가장 좋아했던 양반이니까요.

"그래서 조건이 어느 정도예요?"

—후후후, 놀라지 마십시오. 자그마치 180만 달러입니다."

"예? 180만 달러요?"

—네, 그렇습니다.

기대 이상의 금액에 강동원은 다시 한번 눈이 커졌다.

"아이고야, 그게 다 얼마고?"

옆에 있던 한문혁도 얼핏 들은 돈의 액수에 입을 쩍 벌렸다.

—아무튼 지금 부산으로 내려가려고 준비 중입니다. 자세한 이야기는 부산에서 말씀드리겠습니다.

"아, 예 고생하셨어요. 그럼 있다가 봬요."

그렇게 강동원은 전화를 끊었다.

"마? 뭐라는데? 니 계약 됐다 카드나? 맞지!"

한문혁이 궁금증을 참지 못하고 물었다. 강동원은 대답 대신 가볍게 고개를 끄덕였다. 뭔가 말을 해야 하는데 얼떨떨한 기분에 무슨 말을 해야 할지 생각이 나지 않았다.

한문혁은 부럽다는 눈으로 강동원을 바라보았다. 친구이기 이전에 같은 야구 선수로서 어린 나이에 메이저리그 무대의 문을 두드리는 강동원이 자랑스러우면서도 한편으로는 얄미워졌다.

"축하한다, 새끼!"

한문혁이 애써 감정을 되삼키며 말했다.

그런데 강동원은 그 말이 꼭 축하가 아니라 작별 인사처럼 느껴졌다.

"문혁아."

"와?"

"너도 미국 갈래?"

강동원이 조심스럽게 물었다. 그러자 한문혁의 눈이 크게 떠졌다가 이내 피식 웃었다.

"장난하나! 그게 말이가."

"왜 말이 아냐? 너가 오케이만 하면 내가 구단주와 얘기해볼게. 아니, 계약서에 너와 함께라는 조항을 넣으면 되잖아."

"됐다, 마! 때리치라."

"왜? 너도 메이저리그가 꿈이었잖아."

강동원이 진지한 얼굴로 말했다. 고등학교 내내 자신의 공을 묵묵히 받아주며 함께 프로에 가서 활약하자고 약속했던 한문혁을 이대로 나 몰라라 한다는 게 도저히 내키지가 않았다.

그러자 한문혁이 강동원의 어깨에 손을 얹었다.

"동원아이. 니가 내 생각해 주는 거는 고마운데. 그긴 아이다. 내는 메이저리그 갈 실력도 아이고, 메이저리그 갈 자신도 없다! 그러니 내 걱정 말고. 니나 잘해라. 알것제!"

"그, 그래도 문혁아……."

"됐다, 마! 한 번만 더 말하면 니 죽는데이."

"……."

강동원은 자신의 진심을 몰라주는 한문혁이 서운하기만 했다. 하지만 한문혁은 스스로 강동원의 호의를 받을 자격이 없다고 생각했다.

"내 걱정은 말고 니나 미국 가서 잘해라, 짜샤! 내도 다이 노스 말고 자이언츠 테스트에 응해볼 테니까 우리 이참에 서로 자이언츠에서 최고가 되자!"

한문혁이 씩 웃으며 말했다. 덩달아 강동원의 얼굴에도 미소가 번졌다.

"알았다. 우리 자이언츠에서 최고가 되자."

그렇게 강동원과 한문혁은 서로의 손을 맞잡으며 다짐을 하였다.

§

다음 날 새벽.

지이이이잉!

침대 위에 올려놓았던 스마트 폰에 불이 들어오더니 요란 스럽게 울어대기 시작했다.

"으으……."

잠을 자던 강동원이 살짝 몸을 뒤척였다. 진동 소리에 의식이 돌아오긴 했지만 잠을 포기하고 싶진 않았다.

하지만 스마트 폰의 울림은 좀처럼 끝날 기미가 보이지 않았다.

그렇게 약 10여 분 동안 스마트 폰은 계속해서 울렸다 멈췄다를 반복했다.

"젠장할!"

결국 참다못한 강동원이 이불 속에서 얼굴을 불쑥 내밀었다. 그러고는 신경질적으로 핸드폰을 움켜쥐었다.

"대체 어떤 새끼야?"

강동원이 매서운 눈으로 스마트 폰 액정화면을 바라봤다. 그곳에는 한문혁이라는 이름이 선명하게 찍혀 있었다.

"아, 씨X! 이 새끼가 이 시간에 나 자는 거 뻔히 알고 있으면서."

강동원은 잔뜩 인상을 찡그리며 스마트 폰을 들어 귀에다 가져다 댔다. 친구도 좋지만 훈련 후 꿀잠을 자는 시간에 전화질을 해댔으니 한마디 쏘아붙일 생각이었다.

하지만 그보다 한문혁의 목소리가 더 빨랐다.

ㅡ마, 뭐한다고 인자 전화받는데?

"나 새벽에 훈련한다고 했지!"

ㅡ그래서? 은제까지 잘 낀데?

"하아……. 진짜 너……!"

강동원이 짜증 섞인 목소리로 대꾸했다. 그러거나 말거나 한문혁은 목소리를 크게 내며 소리쳤다.

─마, 지금 그게 중요한 게 아니고 큰일 났데이. 니 인터넷에서 난리다, 난리.

"무슨 소리야?"

─뭔 소리긴. 퍼뜩 일어나서 함 봐라. 난리라고!

"아, 새끼. 귀찮게. 가만히 있어봐."

강동원은 잔뜩 인상을 구기며 침대에서 몸을 일으켰다. 그리고 책상으로 가서 컴퓨터를 켰다.

"그런데 무슨 일로 그래?"

─너 자이언츠 입단한 거 기사로 났단 말이다.

"뭐어?"

강동원의 눈이 커졌다. 박동휘는 아직 공식 발표까지 시간이 걸릴 거라고 말했는데 벌써 입단 기사라니. 잠이 확 달아나는 것 같았다.

위이이잉.

강동원은 컴퓨터의 부팅이 끝나기를 참지 못하고 몸을 이리 저리 비틀어 댔다.

"젠장! 미국 가기 전에 컴퓨터부터 바꾸든가 해야지 원."

한참을 구시렁거리던 강동원은 바탕화면이 보이기가 무섭

게 곧바로 인터넷 창부터 띄웠다.

"뭐야? 내 이름이 또 실시간 검색어에 있잖아?"

강동원은 초록창 중간쯤에 자신의 이름이 있는 것을 보고 깜짝 놀랐다. 스포츠 탭에는 이미 강동원의 이름을 언급한 기사들이 쉴 새 없이 올라오고 있었다.

"가, 갑자기 이게 다……."

강동원은 얼떨떨한 표정으로 기사 하나를 클릭해 읽었다.

[올해 고교 투수 최대어 해명고 우완투수 강동원(18 해명고) 메이저리그 자이언츠 입단!]

강동원은 떨어질듯 어깨에 걸쳐 있던 수화기를 고쳐 잡았다.

"문혁아, 아무래도 조금 있다가 통화해야겠다."

—마, 그게 아이고…….

한문혁의 말이 끝나기도 전에 강동원은 통화 종료 버튼을 눌렀다. 그리고 자신의 기사를 하나하나 확인했다.

[샌프란시스코 지역 신문에 따르면 자이언츠는 강동원과 계약금 180만 달러(한화 21억 1,320만 원)에 메이저리그 입단 계약을 맺었다고 보도했다. 강동원 에이전트를 맡은 박동휘 씨도 '공식적으로 계

약서에 사인한 것은 아니지만 구체적인 액수에 합의한 상태'라고 밝혔다. 자이언츠 구단에서는 강동원을 두고 150㎞/h 중반대의 직구와 슬라이더, 체인지 업, 특히 수준급 커브를 던지는 투수라고 보도했다. 자이언츠 구단 관계자도 '포심 패스트볼도 좋지만 무엇보다 특이한 커브를 구사하는 투수'라며 계약 사실에 만족감을 드러냈다. 강동원은 올 시즌 프로야구 드래프트에서 창원 다이노스에 지명을 받은 상태였지만⋯⋯.]

강동원은 또 다른 기사를 찾아서 클릭했다.

[창원 다이노스 강동원 바라보다 낙동강 오리알 신세!]
[고(故) 최동원 선수의 현신이라고 불린, 고교 최대어 강동원 선수. 미국 메이저리그 자이언츠와 계약금 180만 달러에 계약!]
[초고교급 투수. 또다시 미국에게 빼앗기나!]
[강동원 선수 창원 다이노스가 아닌 미국 메이저리그 자이언츠와 계약!]
[창원 다이노스, 고교급 대어 강동원을 놓치다!]

강동원은 혹시나 싶어 다른 포털 사이트를 열었다. 하지만 그곳에도 자신의 메이저리그 계약에 관한 기사가 적잖게 올라온 상태였다.

"허, 이게 다 뭐야?"

강동원은 계속해서 업로드 되는 기사를 보고 정신을 차릴 수가 없었다. 물론 대다수 기사가 주요 내용을 옮겨다 붙인 복사성 기사들이긴 했지만 하룻밤 사이에 자신의 기사가 이렇게나 올라왔다는 게 좀처럼 믿겨지지가 않았다.

"동휘 형이 깜짝 놀랄 거라고 한 게 이거였어?"

강동원은 어젯밤 에이전트 박동휘로부터 한 통의 전화를 받았었다. 내일 아침 놀랄 일이 벌어질 것이라고 말이다.

'강동원 선수, 기대하셔도 좋습니다.'

강동원이 무슨 일이냐고 물었지만 돌아온 답변은 내일 일어나 보면 알게 될 것이라고만 했다. 그런데 생각보다 일찍 일이 터진 모양이었다.

"후우……. 계약하는 것도 쉬운 일은 아니구나."

강동원이 무겁게 한숨을 내쉬었다. 그러다 불현듯 어머니가 떠올랐다.

"맞다. 엄마!"

강동원은 즉시 어머니 가게로 전화를 걸었다. 잠시 후 어머니의 목소리가 들려왔다.

─여보세요.

"엄마, 저예요!"

―어, 동원이구나. 무슨 일이니?

"엄마 괜찮아요?"

―뭐가 아들?

"아니, 무슨 일 있나 싶어서요."

―아무 일은 없는데? 왜?

"그래요? 아니에요. 엄마."

―그래, 아들. 냉장고에 불고기 만들어 놓았으니까, 밥 꼭 챙겨 먹고!

"알았어요."

―그래, 손님 오셨다. 이만 끊자!

"네, 엄마."

강동원은 전화를 끊었다. 행여나 가게에 기자들이 들이닥쳐 난리법석을 떨어대면 어쩌나 걱정했는데 다행히도 그 정도까지는 아닌 모양이었다.

"이건 동휘 형한테 부탁하자. 그러면 적어도 기자들이 무턱대고 들어오진 못하겠지."

강동원은 에이전트 박동휘에게 재빨리 문자를 보냈다. 그러자 박동휘가 최대한 조치하겠다는 답변을 보내왔다.

강동원은 그제야 안도의 한숨을 내쉬더니 다시금 모니터 화면을 바라봤다.

"잠깐 사이에 또 늘었네. 뭔 기사가 이렇게 많냐."

강동원은 그중 한 인터넷 기사를 클릭해 읽어내려 갔다.

전체적인 내용은 크게 다르지 않았다. 다만 댓글란에 댓글이 30여 개 정도 달려 있었다.

강동원은 떨리는 마음으로 댓글을 살폈다. 하지만 달린 댓글들은 강동원의 예상만큼 뜨겁지 않았다.

ㄴ근데 강동원이 누군 줄 아는 사람?

ㄴ님 고교 야구 안 봤어요? 최동원 선수의 후계자라고 부산에서는 유명한 선수인데.

ㄴ아주 뭐만 하면 최동원 찾고 있지. 최동원 욕 되게 하지 마라! 최동원은 야구의 신이야, 신!

ㄴ내가 그랬냐! 그놈이 그랬다고.

ㄴ그래도 어린 선수가 메이저리그 간다는데 축하라도 좀 해줘라.

ㄴ근데 이게 축하할 일인가? 솔직히 실력보다는 돈에 환장해서 미국 가는 거잖아. 보나마나 한 3, 4년 마이너리그 전전하다가 국내 복귀하겠지. 뻔할 뻔자.

ㄴ그래도 혹시 알아? 잘 던질지.

ㄴ최동원 타령 하는 놈이 잘 던지면 내 성을 간다.

ㄴ진짜 요즘은 개나 소나 다 메이저리그네.

└개나 소는 아니죠. 그냥 모르는 사람일 뿐입니다.

└그래도 국위선양하러 가는 건데 말들이 너무 심하네요. 강동원 선수 파이팅입니다!

└국위선양? 잘해야 국위선양이지. 못 하면 그냥 이름 없이 사라지는 겁니다.

└아 놔! 나도 메이저리그나 갈까? 나 사회인 야구 4년차 투수인데.

└님아, 자중 좀!

국내 네티즌들의 반응은 그다지 좋지 않았다. 간혹 응원의 댓글도 있었지만 그것도 극히 일부였다.

"크흡……."

대중들의 지나친 혹평에 강동원은 가슴 한구석에 멍이 드는 것만 같았다.

"아니야. 분명 좋은 이야기들도 있을 거야."

강동원은 애써 마음을 가다듬고 다른 기사에 실린 댓글도 살펴보았다. 하지만 결과는 마찬가지였다.

소수의 응원 댓글, 다수의 비난.

강동원은 결국 중간쯤 읽다가 고개를 돌려 버렸다. 계속 읽다가는 마음에 생긴 상처가 더욱 깊어질 것 같았다.

"나 진짜 열심히 하려고 가는 건데……."

강동원은 혼잣말로 중얼거렸다. 연예인들이 댓글 읽기가 무섭다는 말이 조금은 이해가 됐다.

"그래도 조금이라도 좋아해 주는 게 어디야……."

강동원은 애써 스스로를 위로했다. 그러다 눈에 띄는 기사 하나를 발견했다.

그 기사의 본문 내용은 '창원 다이노스 낙동강 오리알 신세!'라는 글이었다.

강동원은 조심스럽게 댓글을 확인했다. 대부분이 다이노스 팬들이었는데 강동원에게 실망했다는 내용이었다.

개인적으로 최동원 선수 후계자라고 해서 지켜보고 있었는데 부산 자이언츠가 아닌 메이저리그 자이언츠로 간다는 것에 상심했다는 댓글들도 눈에 띄었다.

하지만 일부 팬들은 국내에 남느니 메이저리그 도전도 나쁘지 않다고 응원했다. 특히나 세계 청소년 야구 선수권 대회만큼만 하면 성공할 거라는 댓글이 강동원의 가슴 한편을 뭉클하게 만들었다.

"감사합니다. 꼭 성공하겠습니다."

강동원은 메이저리그에 가면 자신을 응원해 주는 사람들을 실망시키지 않으리라 맹세했다.

추가로 대여섯 개의 기사를 더 살핀 뒤 강동원은 잔뜩 열이 받은 컴퓨터를 껐다.

더 이상 기사나 댓글들을 봐야 의미가 없을 것 같았다.

강동원은 의자에 깊숙이 몸을 누인 채 눈을 감았다.

'꼭 돈 때문에 메이저리그에 가려는 건 아닌데. 정말로 성급했던 걸까? 정말 잘하는 짓일까? 과연 메이저리그에 가는 것이 옳은 일일까?'

강동원은 이런저런 생각으로 갑자기 머리가 복잡해졌다.

하지만 이미 메이저리그로 향하는 비행기에 올라탔다.

이제와서 유턴을 한다든가 내릴 수는 없었다.

오직 직진!

도착지에 내리기 전까지는 끝까지 가는 수밖에 없었다.

"그래! 신경 쓰지 말자. 난 내가 갈 길만 가면 돼."

강동원은 애써 스스로를 위로했다.

어렵게 내린 결단이었다. 이제 와 다른 사람들 시선이 두려워 꿈을 접을 수는 없는 노릇이었다.

그날 오후.

강동원은 어머니가 만들어 놓은 불고기를 전부 먹어 치운 뒤 해명 고등학교로 향했다.

박영태 감독과 코치들도 메이저리그 진출 기사를 봤을 것이다. 아직 공식 발표된 건 아니지만 미국으로 건너가기 전에 진짜로 고등학교 시절을 함께했던 이들과 작별해야 할 시간이 찾아왔다.

물론 계약 완료까지는 아직 여유가 있었다. 하지만 강동원은 생각난 김에 주변을 정리하고 싶었다.

강동원이 모자를 푹 눌러쓰고 해명 고등학교 정문에 들어섰다. 그런데 운동장이 조용했다. 지금쯤이면 야구 후배들이 몸을 풀고 있을 시간인데 말이다.

"왜 이렇게 조용하지?"

강동원은 쓸쓸한 운동장을 바라보다가 건물 안으로 들어갔다. 그 순간.

짝짝짝짝짝!

박수소리와 함께 환호성이 들려왔다.

"와아아아아! 선배님 축하드립니다!"

"강동원 선배님! 축하드려요!"

강동원이 나타나자 후배들은 준비해 둔 폭죽을 터뜨리며 종이로 만든 꽃가루까지 뿌려댔다.

"어, 어?"

강동원은 눈을 크게 뜬 채 멍한 상태로 서 있었다.

"동원 행님, 행님 덕에 우리 아들도 인자 학교 자랑거리 좀 생겼다 아입니까."

"크게 준비한 건 없지만 서도 축하드리는 마음만큼은 누구보다 크다는 걸 알아주셨으면 합니다."

운동장에서 운동을 해야 할 후배들이 강동원이 온다는 첩보를 전해 듣고 환송회를 하기 위해 모여 있었던 것이다.

순간 강동원은 가슴 한편이 뭉클해졌다. 지금껏 해준 것도 하나 없는데 이런 환대를 받아도 되나 미안해질 지경이었다.

하지만 후배들은 강동원이 메이저리그에 도전했다는 사실만으로도 감동을 받은 얼굴이었다.

"행님의 이름, 그 명예. 저희의 자랑으로 만들어주셔서 다시 한번 감사드립니다."

"감사합니다! 행님!"

남학생들의 우렁찬 목소리가 해명 고등학교 운동장을 쩌렁하게 울렸다.

"녀석들……."

강동원은 괜히 손등으로 코끝을 문질렀다.

과거 자이언츠에 입단했을 때와는 사뭇 다른 환송식이었다. 그때는 그냥 후배들 하나하나가 찾아와 축하 인사만 건네주었다. 그런데 메이저리그를 간다 하니 이렇게나 상황이 달라진 것 같았다.

"마, 강동원이."

그때 마치 홍해가 갈라지듯 후배들이 한쪽으로 갈라지면서 감독과 코치가 걸어왔다.

박영태 감독은 약간 어색한 미소를 지으며 손을 내밀었다.

"동원아이, 축하한데이. 거 가서 잘해라이."

"네, 감독님. 그동안 감사했습니다."

"오야."

그 뒤로 코치들도 나서며 강동원의 머리를 쓸어내리며 축하인사를 나누었다.

"축하한데이."

"마, 내는 자이언츠나 다이노스 쪽으로 갈 거라 예상했는데 말이다. 그래도 메이저리그 갔으니 됐다 마. 몸 간수 잘하고이."

"네, 코치님."

"오야."

코치진도 진심으로 강동원을 격려했다. 자신들과 연결된 국내 구단 중 한 곳이면 모르겠지만 아예 메이저리그로 갔으니 이야기가 달라진 것이었다.

실제 드래프트 전까지 박영태 감독과 코치들과 접촉해 강동원을 데려가려는 구단이 적지 않았다.

하지만 강동원이 다이노스의 지명을 뿌리치고 메이저리그로 가버렸으니 더는 상관없는 일이 되어버렸다.

강동원은 후배들과 일일이 악수를 나누며 작별을 고했다. 그렇게 약 1시간가량 인사를 나눈 후 강동원은 해명 고등학교를 나왔다.

강동원은 자신을 위해 운동도 미루고 깜짝 송별식을 해준 후배들이 고마웠다. 또 그걸 허락해 준 박영태 감독도 고마웠다.

강동원은 교문 앞에 서서 잠시 학교 건물을 바라보았다. 그리고 운동장과 자신의 마운드를 보았다. 갑자기 옛 추억들이 하나둘 떠올랐다.

"훗! 어떤 것이 진짜 과거인지······."

가끔은 옛 추억을 떠올린 때면 약간의 충돌이 일어나기도 했다.

사라진 과거와 현재가 되어버린 과거!

그 속에서 강동원은 자신의 새로운 삶을 개척해 나가고 있었다.

바람이 그의 몸을 훑으며 지나갔다.

강동원은 미소를 띠운 채 몸을 돌렸다. 그때 저만치 앞에 서 있는 한문혁의 모습이 보였다.

"여어! 강똥워니~"

강동원을 기다린 듯 한문혁이 능청스럽게 손을 들어 인사를 했다. 강동원도 씩 웃으며 한문혁에게 다가갔다.

"인사는 다 했나?"

"그래, 잘했다! 그런데 니가 말했냐?"

"내가 뭔 말을 했다꼬. 그냥 니 올 것 같다 한마디 했는데 뭘."

"어쨌든 고맙다."

"그건 그렇고 언제 떠나는데?"

"글쎄. 계약이 언제 마무리될지는 모르니까. 빠르면 내일, 모레 미국으로 날아갈 수도 있는 거고."

"내일? 모레?"

"말이 그렇다고."

"하아, 니 진짜 가는갑네……."

한문혁이 아쉽다는 표정을 지었다. 그러더니 갑자기 강동원의 손을 덥석 잡았다.

"마, 그럼 니 오늘 하루는 나랑 놀자!"

"뭐어? 또?"

"또는 뭐가 똔데?"

"지난번에도 쇼핑몰 갔잖아."

"그건 밥 무그러 간 거고. 오늘은 놀자 안 하나? 이제 몇 년간 얼굴 못 보게 될지도 모르는데 그냥 갈라고?"

"젠장. 그래서 뭐 하고 놀건데?"

"잔소리 말고 나 따라온나!"

그렇게 강동원은 또다시 한문혁에게 이끌려 부산 이곳저곳을 돌아다녀야 했다.

그리고 다시 나흘이 지났다.

그동안 주변 정리를 마친 강동원은 에이전트 박동휘와 함께 다시 미국행 비행기에 올랐다.

인천공항으로 출발하기 전 강동원은 어머니와 작별을 나누었다.

"잘 다녀와. 어디 아프지 말고. 알았지?"

어머니는 애써 슬픔을 감추시려 했지만 눈가가 촉촉했다. 그런 어머니의 모습을 보는 강동원은 가슴이 아팠다.

하지만 강동원은 애써 담담하게 '잘 다녀오겠습니다.' 이 한마디만 남긴 채 돌아섰다.

11시간여의 비행을 마치고 미국에 도착한 지 이틀 후.

강동원은 자이언츠 구단에서 곧바로 메디컬 테스트를 받았다.

계약 전 한국의 종합 병원에서 검사를 받았기 때문에 메디컬 테스트는 별 탈 없이 끝이 났다. 메디컬 테스트를 진행했던 팀닥터도 이 정도면 훌륭하다며 연신 고개를 끄덕거렸다.

강동원이 자이언츠에 들어갔다는 소식이 전해지자 국내 신문과 포딜 사이트에서는 또다시 강동원에 대한 기사가 쏟아졌다.

프로야구 선수도 아니고 고교 졸업자이다 보니 무관심한 듯했지만 모든 시선은 강동원에게 쏠린 듯했다.

다음 날 아침.

강동원이 메디컬 테스트에 통과 했다는 사실과 함께 정식으로 자이언츠에 입단을 확정했다는 기사가 떴다.

[해명 고등학교 강동원, 자이언츠행 확정! 계약금 180만 달러!]

§

입단 계약을 채결한 지 일주일이 지난 어느 날.

자이언츠 파크에서 강동원의 조촐한 입단식이 열렸다.

강동원은 잔뜩 긴장된 표정으로 입단식에 들어섰다. 입단식장 안에는 에이전트 박동휘와 함께 자이언츠 관계자들이 먼저 와 기다리고 있었다.

"강동원 선수, 인사하세요."

박동휘가 나서서 자이언츠 관계자들을 소개했다.

자이언츠 사장 로렌스 비어를 필두로 단장 보비 에반과 명장이라 불리는 감독 브루스 보체까지. 한 사람, 한 사람이 강동원을 설레게 만들었다.

간단한 인사와 함께 악수를 나눈 뒤 강동원과 자이언츠 관계자들이 나란히 섰다. 그들을 향해 카메라 세례가 이어졌다.

"강, 자이언츠에 온 걸 축하해."

첫 번째 기념 촬영이 끝나자 보비 에반 단장이 자이언츠 모자와 유니폼을 강동원에게 건넸다.

강동원은 곧바로 그 자리에서 유니폼을 입고, 모자를 썼다. 그 옆에서 보비 에반 단장이 흐뭇하게 웃어 보였다.

강동원에게 주어진 백넘버는 37번.

그 옛날 최동원이 달았던 번호였다.

곧이어 자이언츠 출입 기자들의 질문이 이어졌다.

"강! 자이언츠에 왔는데 소감이 어때요?"

"이렇게 좋은 팀에 올 수 있도록 도와준 단장님과 여러분께 감사드립니다. 앞으로 팀에 도움이 될 수 있도록 열심히 하겠습니다."

"이제 낯선 땅, 낯선 곳에서 생활해야 하는데 친해진 동료는 있나요? 동료들과의 의사소통은 어떻게 할 생각인가요?"

"아쉽지만 아직 친해진 동료는 없어요. 그리고 영어는 조금씩 열심히 배워가야죠. 몇 년 후 영어로 인터뷰도 할 수 있도록 노력히겠습니다."

"빅 리그 타자들을 상대할 자신은 있나요?"

"마이너리그에서 충분히 경험을 쌓고, 노력한다면 문제없을 것 같습니다."

"올해 개인적인 목표가 있다면요?"

"목표는 당연히 메이저리그 입성입니다. 물론 쉽지 않은 일이겠지만 마이너리그에서 최선을 다하고, 열심히 하다 보면 결과는 따라올 것이라고 생각합니다.

"새로운 곳에서 타자들을 상대해야 하는 데 가장 자신 있는 점은 무엇인가요?"

"몸으로 부딪쳐 봐야 알겠죠? 일단 마이너리그에서 타자들을 상대하면서 제 장점과 단점을 철저히 연구해 보겠습니다."

"포심 패스트볼도 수준급이고 커브도 좋은데 둘 중 더 자신 있는 공은 뭔가요?"

"포심 패스트볼에게 미안하지만 아무래도 커브가 더 좋습니다."

"조금 민감한 질문일 수도 있는데 자이언츠와의 계약 내용에 만족하나요?"

"솔직히 프로에서 아무것도 보여주지 못한 저로서는 과분한 계약인 것 같습니다. 하지만 열심히 해서 보다 좋은 계약조건을 받을 수 있는 선수가 되도록 노력하겠습니다."

"따로 세워놓은 계획 같은 게 있나요?"

"일단 이곳에 빨리 적응하는 게 가장 중요하다고 생각합니다. 원래는 입단식을 마치고 한국으로 돌아갈 예정이었지만 적응을 위해 이곳에 남기로 했습니다. 그리고 조만간 시작될

스프링 캠프에 참가할 생각입니다. 거기서도 충분히 경험을 쌓을 생각입니다. 지켜봐 주십시오."

강동원에 대한 질문이 끝나자 기자들의 시선이 단장인 보비 에반에게 향했다.

"강동원의 활용 방향은 무엇인가요?"

"일단 마이너리그에서 충분한 경험을 쌓을 예정입니다. 그리고 빠르면 연말, 늦어도 내년 말까지 강을 콜업할 생각입니다. 물론 마이너리그에서 잘 성장한다면 말이지요."

"그럴 가능성은 얼마나 될 거라고 생각하나요?"

"가능성이라. 전 100퍼센트 확신합니다."

보비 에반 단장의 유쾌한 대답에 강동원의 입가에 웃음이 번졌다.

하지만 마냥 웃고 있을 상황은 아니었다. 기자들 앞에서 보비 에반 단장은 강동원이 최소 2년 안에 메이저리그에 입성할 거라고 호언장담을 했다. 그 약속을 이루려면 강동원도 쉬지 않고 정진하는 수밖에 없었다.

보비 에반 단장의 질문이 끝나자 마지막으로 브루스 보체 감독에게 질문이 돌아갔다.

"강은 잘할 겁니다."

브루스 보체 감독도 보비 에반 단장과 마찬가지로 강동원을 높이 평가했다. 다른 걸 떠나 보비 에반 단장의 선수 보는 안목을 믿는 것이다.

그렇게 세 시간여 만에 강동원의 입단식은 끝이 났다.

강동원은 구단에서 마련해 준 숙소로 돌아왔다.

"하아–! 힘들다."

강동원은 소파에 앉아 앓는 소리를 냈다. 그러자 에이전트 박동휘는 냉장고로 가서 시원한 물 한 잔을 따라 강동원에게 내밀었다.

"동원아, 이거 마셔. 오늘 고생했다."

"고마워요, 형!"

강동원은 곧바로 스마트 폰을 들어 올라온 기사 내용을 확인했다. 대부분 자신의 입단식에 관한 기사였다.

[강동원 샌프란시스코 자이언츠 입단식 진행, "영광이다!"]

강동원의 샌프란시스코 입단 소식이 연일 화제다.

샌프란시스코 자이언츠와 입단 계약을 체결한 강동원(18, 해명고)이 미국 현지에서 입단식을 가졌다.

강동원은 자이언츠와 계약금 180만 달러(한화 약21억1,320만 원)의 조건에 합의했다.

그 옆에서 박동휘도 검색을 하고 있었다. 그러다가 뭔가를 발견한 듯 박동휘의 눈빛이 바뀌었다.

"동원아."

"네?"

"이거 봐라."

박동휘가 자신의 태블릿 PC를 내밀었다. 그 속에는 한국 기자들이 작성한 기사가 올라와 있었다.

"아무래도 기자들은 네가 메이저리그에 올라갈 때까지 3년은 걸릴 거라고 예상하고 있는데, 넌 어때?"

박동휘의 말에 강동원은 찬찬히 기사 내용을 확인했다.

20장
메이저리그 콜업

1

루키-싱글 에이에서 1년.

하이 싱글-더블에이서 다시 1년.

마지막으로 트리플 에이에서 다시 1년.

이게 한국 기자들이 생각하는 강동원의 메이저리그 콜업 스케줄인 것 같았다. 그것도 부상 없이 경험을 쌓아서 차례 차례 올라온다는 가정하에 짜인 계획 같았다.

"재밌네요."

순간 강동원의 눈빛에 불꽃이 튀었다.

박동휘도 그런 강동원을 보고 피식 웃었다.

"3년이라는데?"

"3년이라뇨. 1년 안에 반드시 메이저리그에 입성할 겁니다."

"가능하겠어?"

"그럼요. 두고 봐요, 형! 기필코 올해 안에 메이저리그에 올라갈 테니까."

"하하하! 그래 난 믿는다."

박동휘가 크게 웃었다. 강동원도 기사를 다시 한번 확인하며 의지를 불태웠다.

그렇게 잠깐의 시간이 흐른 후 박동휘가 다시 짐을 싸기 시작했다. 그 모습을 지켜보던 강동원이 물었다.

"형, 언제 가는 거라고 했죠?"

"오늘 저녁 비행기."

"그렇게나 빨리요? 내일 아니었어요?"

"나도 좀 더 머무르고 싶지만 어쩔 수 없어. 돌아가서 마칠 것도 있고, 서류 준비도 해야 하고."

"그렇구나……."

"그래도 걱정 마. 너 걱정되서라도 최대한 빨리 정리하고 올 테니까."

"알았어요."

"그래."

박동휘는 다시 짐을 싸기 시작했다. 그것을 가만히 지켜보던 강동원이 일어났다.

"저도 도울게요."

"안 그래도 되는데⋯⋯."

박동휘가 미소를 띠우며 말했지만 자신을 돕겠다는 강동원의 마음씀씀이가 내심 기분 좋았다.

하지만 당분간 이곳에 홀로 남아 생활해야 하는 강동원을 보고 있자니 또 한편으로는 걱정을 떨치기 어려웠다.

다행히 자이언츠 구단에서 통역사도 붙여주고 여러모로 신경을 써준다고 하지만 그래도 낯선 땅에 낯선 음식, 낯선 사람들과 부대끼며 살아야 했다.

그런 박동휘의 시선을 읽은 것일까.

"형, 제 걱정은 마요."

강동원이 씩 웃어 보였다.

"그래, 넌 잘해낼 거야."

박동휘도 따라 웃었다. 에이전트 입장에서는 그저 강동원이 최대한 적응하기를 바랄 수밖에 없었다.

그렇게 강동원은 마이너리그에서 생활이 시작되었다.

그로부터 반년이 지난 어느 날.

대한민국 포털 사이트에 한동안 자취를 감추었던 강동원의 이름이 올라왔다. 실시간 검색어 1위까지 올라가며 사람들의 궁금증을 자극했다.

강동원 이름을 클릭하니, 등장한 첫 기사는 바로 '강동원 콜업!'이었다.

"헐, 벌써?"

"그러게. 자이언츠에 선수가 그렇게 없었나?"

기사를 확인한 국내 야구팬은 대부분 놀랍다는 반응을 보였다. 프로를 거치지 않고 메이저리그에 진출한 기존의 선수들과 비교해 봤을 때 강동원의 메이저리그 입성은 대단히 빠른 편이었다.

자이언츠와의 계약 직후 국내에서도 향후 1, 2년간은 마이너리그에서 내실을 다질 필요가 있다고 전망했다.

그런데 9월이 되고 메이저리그 로스터가 확장되면서 그 명단에 강동원의 이름이 당당하게 등록되어 있었다. 신문에는 자이언츠 유니폼을 입은 강동원의 새까만 얼굴과 밝은 미소가 실려 있었다.

"이 새끼 이거…… 이러다 대박 나는 거 아냐?"

"그러게. 될성부른 나무는 떡잎부터 알아본다던데."

"뭐야? 야구 이야기 하는데 왜 문자 쓰고 지랄이야?"

"문자가 아니라 속담이거든?"

그렇게 국내 야구팬들의 관심이 또다시 강동원에게 몰려들었다.

　"지금쯤 다들 난리 났겠지?"

　새크라멘토(자이언츠 트리플 A 구단 연고지)를 떠나 샌프란시스코로 이동하는 강동원의 입가에도 한가득 웃음이 걸렸다.

　　　　　　　　　　　♘

　이른 아침.

　택시 한 대가 야구장 앞에 섰다. 잠시 후 그곳에서 야구 모자를 깊게 눌러쓴 한 사내가 내렸다. 사내는 커다란 가방을 어깨에 메고 야구장을 올려다보았다.

　야구장 밖에서도 보이는 대형 코카콜라 병과 4손가락 대형 글러브가 눈에 띄었다.

　바로 이곳이 자이언츠의 홈구장, 자이언츠 파크임을 알리는 심벌이자 랜드마크였다.

　"훗! 드디어 내가 왔다."

　사내는 모자챙을 뒤로 젖히며 자이언츠 파크를 올려다보았다. 그때 아침 햇살이 사내의 얼굴에 비추었다.

　까맣게 그을린 사내는 다름 아닌 강동원.

어제 새크라멘토를 출발해 곧바로 구장으로 날아온 것이었다.

"1년 사이에 뭔가 달라진 게 있나 봐볼까?"

강동원은 입가를 실룩거리며 한참 동안 구장 이곳저곳을 살펴보았다.

계약하러 왔을 때만 해도 별다른 감흥이 없었는데 마이너리그에서 고생 끝에 메이저리그로 올라와 보니 이곳이 샌프란시스코였다는 사실이 실감이 났다.

샌프란시스코 하면 관광 잡지에는 골든게이트 브리지(Golden Gate Bridge)와 케이블카, 게이 퍼레이드가 유명하다고 했다.

그러나 야구팬들에게 샌프란시스코 최고의 명소 하면 아름답기로 유명한 자이언츠의 홈구장이 먼저 떠올랐다.

바로 자이언츠 파크.

자이언츠가 강한 바람과 추운 날씨로 악명 높았던 전 홈구장 캔들 파크를 떠나 2000년에 새롭게 둥지를 튼 게 바로 이곳이었다.

자이언츠 파크는 최대 4만 2천 명에 가까운 관중을 수용할 수 있을 만큼 어마어마한 규모를 자랑했다.

당연히 천연 잔디 구장이고 개장 당시 퍼시픽 파크로 잠시 불렸다가 2006년부터 자이언츠 파크로 새롭게 이름을 바꾸게 되면서 지금까지 그 이름을 유지해 오고 있었다.

게다가 메이저리그에 조예가 깊은 한국 야구팬들이라면 다 아는 역사적인 사실이 하나 있으니 자이언츠 파크 개장 후 첫 승리투수가 바로 대한민국 야구의 레전드 박찬오라는 점이다.

당시 박찬오는 자이언츠의 4번 타자 배라 본즈에게 홈런을 맞고도 6이닝 3실점으로 승리를 챙기면서 자이언츠 파크 역사에 이름을 올리게 되었다.

그런 역사적인 장소에 다시 서게 됐으니 강동원은 그저 감개가 무량했다. 하지만 그 감정은 그리 오래 가지 않았다.

"응? 무슨 냄새지?"

저만치 서 있는 푸드 트럭을 보기가 무섭게 곧장 자이언츠 파크를 외면해 버린 것이다.

"그래, 바로 이 맛이야."

강동원은 방금 나온 따뜻한 스프를 홀짝거리며 기분 좋은 미소를 흘려보냈다. 마이너리그에서 생활한 건 채 1년도 되지 않았지만 어느새 현지에 완벽히 적응한 모습이었다.

8

9월 로스터 확대가 시행된 지도 일주일이 지났다.

강동원의 40인 로스터 합류 소식은 한국만큼이나 미국에서도 말이 많았다.

한국 기자들처럼 메이저리그 전문가들 역시 강동원의 메이저리그 입성 기간을 최소 3년 정도로 내다보았다.

세계 청소년 야구 선수권 대회에서 큰 활약을 하긴 했지만 프로를 겪지 않았고 동양인으로서 신체가 완전히 성장했다고 보기 어려웠던 만큼 마이너리그에서 시간을 보낼 필요가 있다는 것이었다.

하지만 강동원은 모두의 예상을 깔끔하게 무시해 버렸다. 미국으로 건너온 지 단 8개월 만에 메이저리그에 입성한 것이다.

비록 25인 로스터에 이름을 올린 건 아니지만 로스터 확장으로 인해 자이언츠에 합류한 것 역시 대단한 성과였다.

이제 누가 뭐래도 강동원은 메이저리거였다. 그것도 대한민국 최연소로 메이저리그에 입성한 선수로 이름을 남기게 된 것이었다.

"강동원은 마이너리그에서 잘 던졌습니다. 그만하면 올라올 만하죠."

"하지만 자이언츠가 특별히 선발 투수가 필요했는지는 잘 모르겠네요. 지금 급한 건 불펜인데 말입니다."

"강동원이 트리플 에이에 올라온 이후로 선발 수업을 받고 있긴 하지만 싱글 에이와 더블 에이에서는 불펜 투수로도 활약했으니까요. 아마 그 점을 본 거겠죠."

"어쨌든 강동원이 내년에도 살아남을 수 있을지는 조금 더 지켜봐야 할 것 같습니다."

전문가들은 강동원의 콜업이 성급했다고 평가했다. 아직 지구 1위 가능성이 남아 있는 자이언츠가 너무 어린 유망주에게까지 신경을 쓰고 있다고 아쉬워했다.

9월 7일 현재, 자이언츠가 속한 내셔널리그 서부 지구 순위표는 다음과 같다.

1위 다저스 78-60 0.565
2위 자이언츠 74-64 0.536 / 4경기
3위 로키스 66-72 0.478 / 12경기
4위 다이아몬드백스 58-80 0.420 / 20경기
5위 파드리스 57-81 0.413 / 21경기

올스타 브레이크 이전까지만 해도 다저스를 6경기 반 차이로 따돌리고 지구 선두를 지키던 자이언츠는 후반기 다저스의 맹추격에 지구 선두 자리를 내준 상태였다.

다저스와의 격차는 4경기 차. 산술적으로는 언제든지 뒤

집을 수 있는 상황이지만 다저스의 상승세가 어마어마하다 보니 쉽지 않을 거란 의견이 지배적이었다.

그렇다 보니 자이언츠는 전반기 때는 생각조차 하지 않았던 와일드카드 확보에 총력을 기울여야 하는 상황으로 몰리고 말았다.

내셔널리그 와일드카드 전쟁은 언제나처럼 치열했다.

내셔널리그 와일드카드 순위(9월 7일)

1위 자이언츠(서부 지구 2위) 74-64 0.536

2위 카디널스(중부 지구 2위) 73-64 0.533 / 0.5경기

3위 메츠(동부 지구 2위) 73-66 0.525 / 1.5경기

가을 좀비라 불리는 카디널스는 반 경기 차이로 따라붙었고 지난해 월드시리즈 준우승 팀 메츠와도 한 경기 반 차이밖에 나지 않았다.

그래서 자이언츠는 오늘 경기를 놓칠 수가 없었다. 오늘 경기를 꼭 이겨서 다저스와의 승차를 줄여야 하고, 와일드카드 선두를 유지해야 했다.

상황이 이렇다 보니 강동원은 좀처럼 출장 기회를 잡지 못했다. 두 차례, 나갈 준비를 했지만 경기 상황이 달라지면서 전부 취소가 되었다.

오늘 경기도 경기에 나갈 수 있을지는 미지수이지만 강동원은 언제나처럼 마운드에 올라갈 만반의 준비를 하였다.

그런 정성이 통한 것일까.

경기 시작 전 브루스 보체 감독이 강동원을 불렀다.

"동운! 내가 자네 이름을 제대로 말한 건가?"

"아뇨, 동원인데요."

"도…… 원? 이런. 어렵군, 어려워. 그냥 편하게 강이라고 불러도 괜찮겠지?"

"네, 편하게 말씀하세요."

"그래, 고마워 강! 그건 그렇고 오늘 컨디션은 어떤가?"

"좋습니다."

"그럼 언제든지 오를 수 있겠군."

"네, 가능합니다."

"그럼 기대하겠네."

브루스 보체 감독과의 미팅은 그것이 전부였다. 하지만 강동원에게는 묘한 기대감을 갖게 하는 대화였다.

메이저리그 합류 후 불펜행을 통보받았기 때문에 오늘 경기의 시작은 더그아웃에서부터였다.

강동원은 통역사와 함께 나란히 더그아웃에 앉아 있었다.

여러 나라에서 온 인종과 각양각색의 언어. 그들이 모여 있는 이곳이 바로 메이저리그였다.

"후우…… 미치겠네."

강동원은 실재로 메이저리그 선수들을 코앞에서 보자 뛰는 가슴을 진정시킬 수가 없었다.

두근! 두근! 두근!

심하게 요동치는 가슴을 움켜쥐며 강동원이 흥분을 가라앉히려 했다. 그때 강동원의 앞쪽으로 누군가 다가왔다.

파란 눈에 갈색 머리를 한 호감이 가는 스타일의 사내였다. 왠지 할리우드 배우를 연상시키는 외모에 강동원은 저도 모르게 잘생겼다라는 말이 튀어나올 뻔했다.

그런 강동원의 시선을 의식한 듯 사내가 씩 웃더니 강동원의 어깨를 툭 하고 때렸다.

"헤이, 루키! 많이 긴장되나 보지?"

"……?"

"메이저리그나 마이너리그나 경기를 하는 건 똑같다고. 그러니까 긴장 풀어. 그냥 편하게 게임 자체를 즐겨."

"네……."

"아무튼 메이저리그에 온 것을 환영한다."

사내가 먼저 손을 먼저 내밀었다. 강동원은 얼떨결에 손을 내밀어 악수를 하였다.

사내는 다시 한번 힘내라는 격려의 말을 하고는 냉장고 쪽으로 걸어갔다. 강동원은 그 자리에서 한동안 꿈쩍도 하지 않았다.

"그런데 누구지? 어디서 많이 본 얼굴인데……."

강동원은 한참 만에 정신을 차렸다. 그러자 옆에 앉아 있던 통역사가 놀란 표정을 지었다.

"뭐야. 정말 누구인지 몰라?"

"그, 글쎄."

"백넘버를 잘 보라고. 28번이잖아."

"28번?"

"그래. 자이언츠의 28번 하면 누가 떠오르지 않아?"

"서, 설마 비스트 포지?"

순간 강동원이 눈을 똥그랗게 떴다. 자이언츠 선수들의 등번호를 전부 외우고 있는 건 아니지만 그의 기억 속에 28번을 단 선수는 주전 포수 비스트 포지, 한 명뿐이었다.

"나, 나, 방금 포지 선수랑 악수한 거야?"

강동원이 비스트 포지가 사라진 쪽으로 고개를 돌렸다.

메이저리그 최고의 포수 중 한 명을 만난 탓일까.

안 그래도 뛰는 가슴 더욱더 심하게 움직였다.

그 흥분이 가시기 전 자이언츠 주전 선수들이 하나둘씩 더 그아웃에 모습을 드러냈다.

"여~ 루키, 나 너 누군지 알아. 강이지?"

"네."

"앞으로 잘해보자고."

주전 선수들은 누가 시키지도 않았는데 강동원에게 다가와 한마디씩 건넸다.

처음 메이저리그에 올라왔을 때 전체적으로 인사를 주고받긴 했지만 이렇듯 사적으로 말을 나눈 건 오늘이 처음이었다.

그때마다 강동원은 쩍 벌어진 입을 다물지 못했다.

메디슨 범가드너. 제니 쿠에토. 제이크 사마자. 다나드 스팬. 헌터 페이스. 브래드 벨트.

자이언츠 선수들은 이름만 들어봤지 실제로 보기는 처음이었다.

더그아웃이 번잡해지자 주전급 선수들은 여느 때처럼 한데 모여 웃고 떠들며 장난을 치기 시작했다.

비록 그 분위기 속에 끼진 못했지만 강동원은 가슴 한가득 뿌듯함이 차올랐다.

한편으로는 당당하게 주전급 선수들과 어울리고 싶다는 열망이 솟구쳤다.

'오늘 경기는 꼭 나갔으면 좋겠다.'

강동원이 주먹을 움켜쥐었다.

오늘만큼은 기필코 마운드에 올라 강동원이라는 이름 석 자를 모두가 똑똑히 기억하도록 만들어주고 싶었다.

4

　-시즌 종료가 코앞입니다. 이제 한 달도 채 남지 않았는데요.

　-네, 오늘도 자이언츠는 선두 탈환을 위해 중요한 일전을 치러야 하는 상황입니다.

　-그렇습니다. 현재 자이언츠는 선두 다저스와 4경기 차 2위에 머무르고 있습니다. 오늘 로키스와의 경기에서 이겨 승차를 줄이지 못하면 지구 선두 복귀는 더 요원해질 수밖에 없습니다.

　-지구 우승은 솔직히 조금 힘들어졌다고 봐야겠지만 포스트 시즌 진출 가능성은 여전히 높으니까요. 와일드카드 결정전에 나가기 위해서라도 지구 하위권 팀과의 경기는 꼭 잡을 필요가 있어 보입니다.

　-내셔널리그 와일드카드 쟁탈전에서는 현재 자이언츠가 반 게임차 선두를 지키고 있죠?

　-그렇습니다. 하지만 고작 반 경기 차이니까요. 이게 또 언제 뒤집힐지 모르는 일이죠.

　-자이언츠의 뒤로 카디널스가 바짝 추격하고 있습니다. 하지만 오늘 카디널스는 패배했습니다. 자이언츠로서는 카디널스와 승차를 벌일 절호의 기회가 찾아왔는데요.

-그렇습니다. 9월 로스터 확장 덕분에 각 구단마다 선수 기용에 대한 숨통이 트인 상황이니까요. 이 점을 잘 활용해 야겠죠.

-하지만 로키스가 생각만큼 만만한 상대는 아닌데요.

-지금까지 15차전을 치렀는데 상대 전적은 8승 7패로 팽팽합니다.

-자이언츠가 한 경기 앞서 나가고 있는데요. 아직 4경기가 남았으니 최종적으로 누가 우위를 점할지는 지켜봐야겠습니다.

같은 지구에 속한 자이언츠와 로키스는 올 시즌 총 19번의 맞대결이 잡혀 있었다.

홈 시리즈 3차례(10경기), 원정 시리즈 3차례(9경기)

다저스, 자이언츠에 이어 포스트 시즌 진출 가능성이 가장 높은 로키스다 보니 자이언츠로서도 맞대결 성적에 신경을 쓰지 않을 수가 없었다.

두 차례 원정 시리즈 성적은 3승 3패로 동률을 이루었다. 4월 첫 원정 때는 1승 2패로 밀렸지만 5월 말 2차 원정 때 1패 뒤 연승을 따내며 원정 스코어를 3승 3패로 맞춰 놓았다.

홈 시리즈 성적은 5승 4패로 자이언츠가 1승 앞서 있었다.

5월 첫 4연전 때 2승 2패를 거둔 뒤 전반기 막판 치러진 두 번째 홈 시리즈 때 2승 1패를 거두며 약간의 우세를 점했다.

그리고 이번에 진행 중인 마지막 홈 시리즈에서 1승씩을 나눠 가졌다.

만약 오늘 경기에서 자이언츠가 지게 된다면 홈 시리즈 성적도 5승 5패로 균형을 맞추게 된다.

반면 자이언츠가 이길 경우 홈 시리즈에서 6승 4패로 앞서가면서 자연스럽게 로키스와의 상대 승률 역시 높일 수 있었다.

-오늘 경기 양 팀 선발 투수를 살펴보도록 하겠습니다. 자이언츠 선발 투수는 알버크 수아레스입니다. 오늘 경기 전까지 18경기 나와서 3승 3패를 기록 중입니다.

-올해 계약한 89년생 우완 투수인데요. 빠른 공이 매력적인 투수죠.

-현재까지 65이닝 던져서 33점을 내줬고 자책점은 31점입니다. 평균 자책점은 4.29로 높은 편이네요. 이에 맞서는 로키스의 선발은 호르헤 데 로사입니다.

-로키스의 에이스죠.

-네, 호르헤 데 로사는 오늘 경기 전까지 24경기 선발 등판해 120이닝을 던졌습니다. 승패는 8승 7패를 기록하고 있네요.

-호르헤 데 로사도 실점이 많습니다. 74점을 내줬고 그중 자책점이 65점이나 됩니다.

-평균 자책점이 4.88입니다. 단순히 평균 자책점만 비교해 보자면 올 시즌 엇비슷한 피칭을 보여주고 있다고 봐도 무방할 것 같습니다.

-오늘 경기에서도 비슷한 양상을 보인다면 아무래도 투수전보다는 타격전이 예상되는데요.

-그래도 큰 점수가 나진 않을 겁니다. 아마 어느 팀이 먼저 득점을 하는지에 따라서 오늘 경기의 승패가 좌우될 가능성이 높아 보입니다.

-아, 이제 곧 경기가 시작되려 하고 있습니다!

캐스터의 말이 끝나기가 무섭게 중계 카메라가 그라운드를 잡았다. 자이언츠 선수들이 하나둘 경기장 위로 올라오는 모습이 들어왔다.

"괜히 더그아웃에서 넋 놓고 있지 말고 자네는 불펜에서 대기하도록 해. 참고로 거기가 1등 관람석이라고."

데이브 라이트 투수 코치가 웃기지도 않은 농담을 섞으며 강동원을 불펜으로 보냈다. 강동원도 출전할 수 있다는 희망을 가지고 군말 없이 불펜으로 향했다.

경기는 로키스가 선공이었다.

가장 먼저 타석에 들어선 1번 라미엘 타피아는 쉽게 방망이를 내밀지 않았다. 비록 삼진으로 물러나긴 했지만 선두 타자로서 최대한 오래 공을 지켜보겠다며 풀카운트 접전까지 상황을 끌고 갔다.

2번 타자 디제이 로메유는 4구째 포심 패스트볼을 잡아당겨 유격수 앞 강습 타구를 만들어냈다.

다행히 브래드 크로포트가 몸을 날리는 호수비를 펼치며 아웃 카운트를 잡아냈지만 알버크 수아레스 입장에서는 경기 초반부터 진땀이 날 수밖에 없었다.

"후우……."

알버크 수아레스가 흥분을 가라앉히기 위해 길게 숨을 골랐다. 그사이 타석에 3번 카를로 곤잘레스가 타석에 들어섰다.

"맞으면 안 돼."

알버크 수아레스는 장타를 피하기 위해 바깥쪽에 공 하나 빠지는 초구를 내던졌다. 하지만 카를로 곤잘레스는 바깥쪽 공이 들어오기가 무섭게 방망이를 휘돌렸다.

딱!

방망이 끝에 걸린 타구가 3루수 쪽으로 느리게 굴러갔다.

알버크 수아레스가 팔을 뻗어봤지만 타이밍상 잡을 수가 없었다. 그사이 발 빠른 카를로 곤잘레스가 재빨리 1루를 밟아 버렸다.

　　-카를로 곤잘레스, 내야 안타로 1루에 나갑니다.
　　-정말 절묘한 타구였는데요. 알버크 수아레스. 운이 나빴
습니다.

　　2사 주자 1루를 놔두고 알버크 수아레스는 로키스 타자들
중 가장 상대하기 싫은 4번 타자, 놀란 아레나스를 상대하게
됐다.
　　놀란 아레나스는 초구에 높게 들어오는 포심 패스트볼을
지켜보았다. 2구째 바깥쪽으로 빠져나가는 공에도 방망이를
내밀지 않았다. 그러다 3구째 몸 쪽으로 파고들다 떨어지는
체인지업에 크게 헛스윙을 했다.
　　볼카운트 원 스트라이크 투 볼.
　　투수에게 불리한 상황에서 알버크 수아레스는 스트라이크
를 잡기 위해 몸 쪽 높은 코스를 선택했다. 하지만 그 코스는
놀란 아레나스가 처음부터 노리고 있던 코스였다.
　　따악!
　　놀란 아레나스가 힘껏 잡아당긴 타구가 그대로 센터 쪽으
로 날아갔다. 중견수 다나드 스팬이 이를 악물고 달려가 팔
을 뻗어봤지만 타구를 잡아내지 못했다.

그 사이 1루 주자 카를로 곤잘레스는 순식간에 2루와 3루를 돌아 홈까지 내달렸다.

하지만 그것도 잠시. 자이언츠의 군더더기 없는 중계 플레이에 이를 악물고 다시 3루로 귀루하고 말았다.

2사 주자 2, 3루.

안타 하나면 두 점을 내줄지도 모르는 위기 상황이 1회 초부터 찾아왔다.

반면 선취점을 뽑을 절호의 기회 속에 5번 데이브 달이 타석에 들어왔다.

훙! 후웅!

데이브 달이 요란스럽게 방망이를 휘두르며 알버크 수아레스를 위협했다. 그 도발이 통했는지 알버크 수아레스는 초구 스트라이크를 잡아내지 못했다.

'몰리면 안 돼!'

원 볼 상황에서 비스트 포지는 바깥쪽에 꽉 차게 들어오는 포심 패스트볼을 요구했다.

하지만 알버크 수아레스의 손끝을 떠난 공은 가운데로 몰려 버렸다. 그걸 데이브 달이 기다렸다는 듯이 받아치며 우전 안타를 때려냈다.

타구를 확인한 3루 주자 카를로 곤잘레스가 여유롭게 홈을 밟았다. 놀란 아레나스도 부지런히 3루를 돌아 홈을 노려

봤지만 3루 베이스 코치의 멈춤 지시에 입맛을 다셔야 했다.

1 대 0.

한 점을 빼앗긴 상황에서 다시 2사 1, 3루 위기가 이어졌다.

"괜찮아, 알버크. 침착하라고."

1회 초부터 마운드를 방문한 비스트 포지가 알버크 수아레스를 다독였다. 먼저 실점하긴 했지만 고작 한 점이었다. 자이언츠의 공격력을 감안했을 때 충분히 만회할 수 있는 점수였다.

"그래, 알았어."

알버크 수아레스도 크게 숨을 들이켜며 마음을 진정시켰다. 그리고 3루 주자 놀란 아레나스를 눈으로 견제한 뒤 타석에 들어선 6번 타자 팀 머피의 몸 쪽으로 포심 패스트볼을 붙여 넣었다.

따악!

빠른 공이 눈에 들어오자 팀 머피가 반사적으로 방망이를 내돌렸다.

하지만 방망이 안쪽에 걸린 타구는 3루 쪽으로 크게 벗어나는 파울이 되었다.

살짝 달아오른 팀 머피는 2구째 들어온 체인지업에도 방망이를 내밀었다. 그러나 타구가 2루수 정면으로 구르면서

로키스의 추가 득점은 실패로 돌아갔다.

"후우……."

불펜에서 그 모습을 지켜보던 강동원이 가슴을 쓸어 내렸다. 한두 점만 더 내줬더라도 오늘 경기가 어찌 될지 장담하기 어려운 상황이었는데 1실점으로 막아서 천만다행이었다.

그러자 마크 가더 불펜 코치가 씩 웃으며 말했다.

"걱정하지 마, 루키. 금방 따라붙을 테니까."

마크 가더 코치의 말처럼 자이언츠는 1회 말에 곧바로 반격에 들어갔다.

자이언츠의 선두 타자로 들어선 다나드 스팬은 매서운 눈으로 호르헤 데 로사의 공을 꼼꼼하게 골랐다. 호르헤 데 로사가 연속해서 유인구를 던져 댔지만 눈 하나 깜짝하지 않았다.

그렇게 볼카운트를 쓰리 볼까지 만든 뒤 다나드 스팬은 바깥쪽으로 들어오는 포심 패스트볼을 밀어쳐 깨끗한 좌전 안타를 때려냈다.

그것으로도 모사라 2번 타자 아르헨 파건 타석 때 초구를 노려 2루까지 훔쳐 냈다.

무사 1루 상황이 무사 2루 상황으로 바뀌자 자이언츠 파크의 분위기도 달라졌다.

"젠장할!"

호르헤 데 로사가 질근 입술을 깨물었다. 순식간에 발 빠른 주자가 스코어링 포지션에 나갔으니 신경이 쓰일 수밖에 없었다.

아르헨 파건은 흔들리는 호르헤 데 로사의 3구 포심 패스트볼을 받아쳐 중견수 쪽으로 타구를 날렸다.

라인드라이브성 타구가 쭉 뻗어 나갔지만 발 빠른 중견수 라미엘 타피아의 글러브에 걸리고 말았다. 그사이 2루 주자 다나드 스팬이 태그 업을 해 3루까지 들어갔다.

아웃 카운트를 하나 잃었지만 주자는 홈 플레이트에 더욱 가까워졌다. 이제 자이언츠도 희생플라이 하나만 때리면 득점을 올릴 수 있었다.

이 긴장되는 상황 속에 3번 타자 비스트 포지가 타석에 들어섰다.

"포지다!"

"포지! 포지!"

비스트 포지가 등장하자 관중석에서 뜨거운 함성이 터져 나왔다.

많은 팬을 보유한 스타답게 비스트 포지는 초구에 스트라이크를 잡으러 들어온 공을 놓치지 않고 때려냈다.

따악!

크게 솟구친 타구에 또다시 중견수 라미엘 타피아가 뒷

걸음질을 쳤지만 워닝 트랙 앞에서 공을 잡아내는 데 성공했다. 그사이 3루 주자 다나드 스팬이 천천히 홈으로 들어왔다.

스코어 1 대 1.

"후우……."

긴장 어린 눈으로 경기를 지켜보던 강동원의 입에서 안도의 한숨이 흘러나왔다.

이 기회가 무산되면 어쩌나 걱정했는데 역시나 비스트 포지였다. 무리하지 않고 공을 정확하게 때려내 동점을 만들어 냈다.

3루 주자가 사라진 상황에서 4번 타자 헌터 페이스가 타석에 들어왔다. 헌터 페이스는 노 스트라이크 투 볼 상황에서 3구째 흘러들어오는 슬라이더를 때려내 3루 쪽 내야 안타를 만들어냈다.

하지만 헌터 페이스가 무리하게 도루를 시도하다 아웃이 되면서 다소 길었던 자이언츠의 1회 말 공격이 끝이 났다.

"좋아. 다시 원점이다."

알버크 수아레스는 한결 가벼워진 마음으로 마운드에 올랐다. 그리고 세 개의 아웃 카운트를 빠르게 잡아내고 이닝을 끝마쳤다.

최근 타격 부진으로 인해 7번으로 타순을 옮긴 트레버 스토어는 자신이 아직 죽지 않았다는 걸 증명하기라도 하듯 6구 승부 끝에 좌전 안타로 출루했다. 그리고 무사 1루인 상황에서 8번 타자 마이크 레이놀스가 타석에 들어섰다.

긴장한 알버크 수아레스의 초구가 몸 쪽으로 몰려서 들어오자 마이크 레이놀스는 망설이지 않고 방망이를 내돌렸다. 그런데 그 타구가 하필이면 투수 정면으로 날아가 버렸다.

반사적으로 타구를 건져 낸 알버크 수아레스는 당황하지 않고 2루에 공을 던졌다. 2루수 조 패인이 공을 받고 1루수 브래드 벨트에게 빠르게 공을 돌리며 마이크 레이놀스까지 잡아냈다.

"좋았어!"

불펜에서 그 모습을 지켜보던 강동원이 제 일처럼 기뻐했다. 알버크 수아레스도 한숨을 돌린 듯 9번 타자로 들어선 투수 호르헤 데 로사를 3구째 투수 앞 땅볼로 유도하고 이닝을 마쳤다.

2회 말 자이언츠의 선두 타자는 5번 타자 브래드 벨트였다. 브래드 벨트는 초구부터 방망이를 휘둘렀다.

따악!

잘 맞은 타구는 중견수 라미엘 타피아의 키를 훌쩍 넘기는 2루타로 이어졌다.

'오늘 호르헤 데 로사의 컨디션이 별로 좋지 않은 거 같

은데?'

뒤이어 타석에 들어선 6번 브래드 크로포트는 장타를 욕심냈다. 초구 포심 패스트볼을 그대로 흘려보낸 후 2구째 들어온 체인지업을 통타해 비거리 144미터짜리 홈런을 때려냈다.

−넘어갔습니다! 투런 홈런입니다!
−브래드 크로포트! 단숨에 경기 분위기를 끌고 옵니다!

중계진의 극찬 속에 브래드 크로포트가 천천히 베이스를 돌아 홈으로 들어왔다. 이로써 자이언츠는 먼저 2점을 앞서 가게 되었다.

자이언츠는 공세를 늦추지 않았다. 7번 타자 에두아르 누네스가 나와 홈런으로 흔들리는 로키스 투수 호르헤 데 로사의 초구를 공략해 또다시 2루타를 때려냈다.

무사 주자 2루인 상황에서 8번 조 패인이 등장했다. 조 패인은 2구를 타격해 2루수 땅볼로 물러났다. 그사이 2루 주자 에두아르 누네스는 3루까지 진루했다.

1사 3루.

이번에도 희생플라이 하나면 득점을 올리게 되는 상황이었다. 하지만 불행하게도 타석은 투수 알버크 수아레스 차례였다. 알버크 수아레스가 어떻게든 방망이에 공을 맞혀보려 노력했지만.

"스트라이크, 아웃!"

결국 4구 만에 삼진으로 물러나고 말았다.

주자는 그대로 3루에 묶인 채 아웃 카운트만 하나 더 늘어 났다. 그리고 타순은 한 바퀴 돌아 다시 1번 타자 다나드 스 팬이 타석에 들어섰다.

다나드 스팬은 3구째를 타격해 우익수 쪽에 큼지막한 타 구를 때려냈다. 하지만 타구가 우익수 카를로 곤잘레스의 글 러브에 잡히면서 아웃이 되고 말았다.

1 대 1이던 스코어가 3 대 1로 바뀐 가운데 곧바로 3회초 로키스의 공격이 시작되었다.

선두 타자는 라미엘 타피아였다. 라미엘 타피아는 알버크 수아레스를 흔들기 위해 초구에 기습 번트를 시도했다.

하지만 방망이에 제대로 공을 맞추지 못하면서 타구가 비 스트 포지의 손에 잡히고 말았다.

원 아웃. 뒤이어 타석에 들어선 2번 타자 디제이 로메유는 5구 만에 유격수 땅볼로 물러났다.

그리고 3번 타자 카를로 곤잘레스는 4구째 들어온 포심 패 스트볼을 공략했다가 역시 유격수 땅볼 아웃이 되었다.

"크아아!"

처음으로 삼자범퇴를 이끌어 낸 알버크 수아레스가 마운드를 내려오며 악을 내질렀다. 그러자 호르헤 데 로사도 지지 않겠다며 투지를 불태웠다.

2번 타자 아르헨 파건은 3구째 몸 쪽 포심 패스트볼을 붙여 투수 앞 땅볼로 아웃시켰다.

3번 타자 비스트 포지는 4구째 슬라이더를 밀어 넣어 3루수 직선타로 잡아냈고, 4번 타자 헌터 페이스에게도 3구째 포심 패스트볼을 던져 3루수 땅볼로 돌려세웠다.

이로써 양 팀 선발 투수가 처음으로 삼자범퇴로 이닝을 마쳤다.

호르헤 데 로사가 밀리지 않고 다시 분위기를 다잡자 로키스 타자들도 힘을 냈다.

선두 타자로 들어선 4번 타자 놀란 아레나스는 4구째 슬라이더를 받아쳐 유격수 땅볼로 물러났다.

하지만 5번 타자 데이브 달이 3구째 패스트볼을 힘껏 잡아당겨 비거리 132미터짜리 우월 홈런을 때려냈다.

이어서 타석에 들어선 6번 타자 팀 머피도 알버크 수아레스의 4구째 포심 패스트볼을 잡아당겨 비거리 129미터짜리 좌월 백투백 홈런을 때려냈다.

그렇게 순식간에 두 점 차의 리드가 사라졌다. 그리고 전광판의 점수가 3 대 3 균형을 맞췄다.

동점이 되자 자이언츠는 곧바로 투수 코치 데이브 라이트를 마운드에 올렸다. 데이브 라이트 코치는 알버크 수아레즈에게 숨 돌릴 시간을 준 뒤에 천천히 마운드를 내려왔다.

데이브 라이트 코치가 더그아웃으로 돌아오자 이번에는 브루스 보체 감독이 말을 걸었다.

"알버크의 상태는 어때?"

"아직까지는 괜찮은 것 같지만 불펜을 준비시키는 게 좋을 것 같습니다."

"자네가 보기에는 몇 회나 버틸 것 같은데?"

"5회까지인 것 같습니다."

"5회?"

"네, 그 이상은 좀 위험해 보입니다."

"음……."

브루스 보체 감독은 고민에 빠져들었다. 3 대 1의 리드만 지킬 수 있다면 알버크 수아레스를 최대한 오래 끌고 가고 싶었는데 그럴 수 없게 되어버렸다.

그러다가 브루스 보체 감독의 시선이 벽에 걸린 로스터로 향했다.

"불펜을 대기시켜 놓을까요?"

론 워스트 벤치 코치가 다가와 물었다. 브루스 보체 감독은 로스터를 쭉 훑어보다가 강이라는 이름에서 시선을 멈쳤다.

불현듯 브루스 보체 감독의 머릿속에 파이어리츠에서 맹활약 중에 있는 강준호가 떠올랐다.

비록 투수가 아니라 타자이긴 하지만 강준호는 첫 번째 시즌에서 강렬한 인상을 남겼다. 그래서 같은 성인 강동원에게 기회를 주고 싶다는 생각이 들었다.

"강으로 하지."

"예? 강이요?"

데이브 라이트 코치가 당혹스런 표정을 지었다. 3 대 3 동점 상황에서 올리기에 강동원은 메이저리그 경험이 일천했다.

하지만 브루스 보체 감독의 생각은 바뀌지 않았다.

"강에게 기회를 줘보자고."

"아, 알겠습니다."

데이브 라이트 코치가 마지못해 고개를 끄덕이고는 뒤로 돌아가 불펜에 전화를 걸었다.

-강 준비시키게.

"네에? 강 말입니까?"

-그래, 강!"

"아, 알겠습니다."

전화를 받은 마크 가더 불펜 코치도 혹시 자신이 잘못 들었는지 재차 확인을 했다. 하지만 다시 들어도 강이라는 것을 확인하고는 이해할 수 없다는 표정을 지었다.

"헤이, 강!"

동점이 된 이후로 강동원은 긴장된 표정으로 벤치에 앉아 있었다. 그러다가 자신을 부르는 소리에 화들짝 놀라며 고개를 돌렸다.

마크 가더 코치와 눈이 마주치자 강동원은 눈만 끔뻑거렸다. 그러자 눈치 빠른 통역사가 환한 표정으로 말했다.

"강! 준비하라는데?"

"에에?"

"서둘러야 해. 빨리 몸을 풀라고!"

통역사가 제 일처럼 기뻐했다.

강동원은 냉큼 자리에서 일어나 위에 입고 있던 점퍼를 벗었다. 그리고 소중히 안고 있던 자신의 글러브를 들고 불펜 마운드로 향했다.

불펜 마운드로 걸어가는 강동원의 가슴이 심하게 요동쳤다. 오늘 경기에 투입되길 간절히 바랐지만 이렇게 빨리 기회가 찾아올 줄은 몰랐던 것이다.

"강, 언제 교체 사인이 날지 몰라. 그러니까 최대한 서둘러서 몸을 풀라고. 알았지?"

마운드로 다가온 마크 가더 코치가 말했다.

"아, 네. 걱정 마세요."

강동원은 가볍게 몸을 푼 뒤 곧바로 연습 투구에 들어 갔다.

퍼엉!

퍼엉!

강동원의 공이 미트에 꽂힐 때마다 묵직한 포구 소리가 주변을 쩌렁하게 울렸다.

그렇게 얼마의 시간이 지났을까.

띠리리리링!

다시 불펜 전화기가 울렸다. 마크 가더 코치는 곧바로 전화를 받았다.

강동원의 시선이 자연스럽게 마크 가더 코치에게 향했다. 뭔가 잠시 대화를 주고받던 마크 가더 코치는 강동원과 눈이 마주치자 피식 웃음을 흘렸다.

"강, 지금이야!"

마크 가더 코치의 한마디에 강동원의 가슴이 심하게 요동쳤다.

"후우……."

강동원은 길게 숨을 골랐다. 그리고 그는 천천히 몸을 돌려 불펜 입구로 향했다.

잠시 후 입구 문이 열리며 화려한 조명이 내리쬐고 있는 메이저리그 운동장에 강동원의 눈에 펼쳐졌다.

그곳을 향해 강동원이 당당히 걸음을 내디뎠다.

포스트시즌에 대한 열기가 뜨겁던 9월 초.

만원 관중이 들어선 자이언츠 파크에서 강동원의 메이저
리그 데뷔전이 시작됐다.

to be continued